怪談標本箱《かいだんひょうほんばこ》

死霊ノ土地《しりょうのとち》

戸神重明 著

竹書房文庫

※本書に登場する人物名は、様々な事情を考慮してすべて仮名にしてあります。また、作中に登場する体験者の記憶と体験当時の世相を鑑み、極力当時の様相を再現するよう心がけています。現代においては若干耳慣れない言葉・表記が登場する場合がありますが、これらは差別・侮蔑を意図する考えに基づくものではありません。

まえがき　――雨夜のできごと

私が地元の群馬県で主催するイベント「高崎怪談会」は五年目に入り、おかげさまで好評である。昨年（二〇一八年）には、そこで知り合った皆様から伺った話を中心に、全編群馬県を舞台にした『怪談標本箱　雨鬼』を世に出すこともできた。

しかし、他の都道府県の話も取材していながら発表する機会がなかったので、今回は全国を対象にした怪談集を執筆することに決めた。遠く離れた未見の地域にお住まいの皆様から体験談を伺うのは、勝手を心得た地元で取材するのとは、また違った楽しさがある。まずはメールで伺った短い話から紹介したい。

戸神様、こんにちは。御著書を読んだ翌朝のことです。寝室から出て、居間に置いてあったタブレット端末を見ると、白いカバーに指の跡が付着していました。赤黒い血糊がべったりとついた三本指の跡でした。指紋もありました。確認しましたが、私の指に怪我はありません。前夜、最後に目にしたときはなかったのです。我が家は築十余年のマンションで私と夫の二人暮らし、他に入ってくる人はいないし、ペットも飼っていません。夫に見せると驚いていました。気持ちが悪くて、すぐに拭き取りました。

そういえば、前夜は小糠雨が降る静かな夜でしたが、室内でガラガラ、ガラガラ……という物音が何度も聞こえました。福引きのガラガラ（新井式回転抽選器）を回しているような音でした。それが食器棚の抽斗《ひきだし》の中から聞こえてくるのです。

恐る恐る開けてみたら、音がやんで、何もいませんでした。普段は、静かなのです。

それ以来、その音はしていないし、血糊がついた指の跡も見ていません。

（広島県、女性、年齢不詳、Sさん）


数年前の夏、台風が本州に上陸した週末のことです。朝から曇天で、昼頃から雨が降り始めました。当時、私は一戸建ての家に独りで住んでいました。妻が婦人病で、近くの病院に入院していたからです。風雨が強くなる前に病院へ見舞いに行き、帰りに平素よりも贅沢な魚貝の刺し身や天婦羅などの酒肴を買ってきました。風呂に入ったあと、テレビを見ながら冷えたビールで晩酌を楽しもうとしたのですが、降りしきる雨が地面を打つ音や強風が窓を揺らす音が激しくなってきて、心が落ち着かず、一向に酔えませんでした。

そのうちに、外から暴風雨の音に混ざって別の音が聞こえてきたのです。

「あはははは……」「うふふふふ……」「……しようよ……」

幼い子供の声でした。聞き取れない言葉もあったのですが、同じ声がしばらくの間、聞こえました。窓ガラス越しに外を見ようとしたものの、雨粒で曇っていて、何も見えません。やがて風が一時的に弱まったので玄関へ行き、ドアを少しだけ開けてみました。

そうしたら、家の前を通る細い道に、見知らぬ若い女と、四、五歳くらいの男の子がいて、花火を手にして遊んでいたのです。私がいる位置から七、八メートル離れた、斜向かいの家の前でした。他には人も車も通っていません。土砂降りの雨の中で緑色や金色の火花が飛び散って、火薬の臭いもしていました。私は呆れ返って、危ないのでやめるように言おうとしました。でも、よく見ると、その母子《おやこ》らしい二人は傘を差さず、雨合羽も着ていないのです。それに身体や着ていた洋服が濡れていないようでした。近くに街灯が立っているので、そこまで確認できました。いよいよ変だな、と思ったとき、

「あははははっ！　……しようよっ！」

男の子の大声が、私の耳元で響いたのです。同時に花火が消えて、母子もいなくなってしまいました。知らないうちに酔っていて、幻を見たのかな、と思ったのですが……。

翌朝、台風が去って外に出てみると、風に飛ばされた花火の燃えかすが道のあちこちに転がっていました。とても花火ができるような状況ではなかったのに――。

（福島県、男性、四十八歳、Tさん）

目次

おかげ様

愛知県名古屋市在住の女性、Eさんから伺った話である。彼女の母親は初産でEさんと双子の妹Iさんを出産したが、その間に父親は他の女と交際を始め、家を出ていってしまった。捨てられた三人はアパートを転々とする身となった。既に故人となった母親は、生前に大変な苦労をしたらしい。それでも母親は、EさんとIさんが落ち込んでいると、いつも笑顔で励ましてくれた。

「元気を出せ。真面目に生きとれば、きっと〈おかげ様〉が守ってくれるでね」

〈おかげ〉という言葉は、神仏の助けや加護、他者からの助力や庇護のことで「成功したのはあなたのおかげです」「おかげで助かりました」といった状況で使われることが多い。本来の〈おかげさま〉とは、その丁寧語なのだが、母親は自らに守り神がいるものと信じ、その存在を〈おかげ様〉という固有名詞で呼んでいた。ただし、母親自身が名づけたものか、あるいは誰かから教えられたものか、Eさんにはもはや知る術がないという。

さて、Eさんが小学三年生の頃。彼女が学校から帰ると、普段は物静かな母親が駆け寄ってきて、目を見開きながら叫ぶように言った。

「さっき、〈おかげ様〉が見えたんだわ！　やっぱ、本当におるんだよ！」

この日、自宅で働いていた母親は多忙を極めており、部屋の中を独楽鼠《こまねずみ》のように動き回っていた。やがて、やりかけていた用事を思い出して引き返そうと、唐突に身体の向きを変えた瞬間――目の前に真っ黒な人影が立っていた。それは「あう！」とも「おう！」とも聞き取れる声を上げたかと思うと、ただちに消えていったそうである。

「今のが〈おかげ様〉だって、すぐにわかったよ。そんだで、陰で悪いことをしたらいかんよ。〈おかげ様〉はいつでもどこでも近くにおるからね」

「何だか怖い」とEさんが言うと、母親は笑いながら頭を撫でてくれた。

「いいことをしとれば、怖くなんかないんだでね。私たちを見守ってくれとるんだから」

その後も母親は「また〈おかげ様〉に会えたよ」とうれしそうに話すことがあった。

「あたしも見たい！」とIさんが言うと、母親は優しく笑った。

「家の中で歩くとき、急に向きを変えると、会えるかもしれんで。やってみやぁ」

言われた通りにやってみたところ、EさんとIさんにも、それらしい黒い人影がちらりと見えたことがあった。だが、母親の教えとは異なり、二人の身の回りでは悪いことが起こるようになったという。Eさんは学校帰りに痴漢と遭遇し、危うく車に引き込まれそうになった。必死に暴れて逃げてきたのだが、尻を触られてひどく不快な思いをした。

Iさんは自転車に乗って坂道を下っているとき、どういうわけか、ブレーキを掛けていた手を放してしまった。自転車は加速し、坂道を下りきった辺りで派手に転倒した。おまけに倒れた身体の上に自転車が落ちてきて、全身を激しく打撲したそうだ。

そして、母親が昼過ぎに一人でアパートにいたときのこと。家事を済ませて少し休もうとしていると、薄暗い和室のほうから、ふっ、と息遣いが聞こえた気がした。そこには押し入れがあり、襖が閉まっている。その襖の下のほうから突き出ているものがあった。

巨大な女の顔だ。平均的な日本人女性の顔の二倍は優にあったろう。今度は黒い影ではなく、はっきりと見えた。年の頃は母親よりも若くて、二十五、六歳くらいか。やや面長で、肌が白く、鼻梁《びりょう》が高く尖っている。黒々とした頭髪は下顎の辺りで途切れていた。

母親は女の顔に見覚えがあった。一度会っただけだが、忘れもしない、父親の愛人の顔である。大きな目だけをせわしなく動かしていたものの、母親が驚いて立ち竦むと、無遠慮な上目遣いでこちらを見上げてきた。唇に冷笑を浮かべている。

(〈おかげ様〉のふりをして、私を監視しとったんだ！　そんな！　そんな……)

母親は無性に腹が立ってきて、抑えられなくなった。怒りに胸が苦しくなってくる。襖に駆け寄って蹴飛ばすと、女の顔は音もなく消えてしまい、襖に穴だけが残ったという。

検視室

これもEさんが小学生の頃の話である。彼女たちはその後、木造二階建てが四軒分連なった長屋の、西端の家屋に引っ越した。そこは一階に台所とトイレ、居間があり、母親は居間で寝起きをしていた。風呂はなく、入浴は近所の銭湯へ通う。二階の部屋は、Eさんと双子の妹であるIさんが勉強部屋兼寝室として一緒に使っていた。

長屋の前は車一台がやっと通れるほどの狭い砂利道で、側溝には蓋がなく、ドブ川が流れていた。砂利道を挟んだ向かいに名古屋市某区の警察署があり、同じ敷地の裏手には、やはり木造の警察官宿舎があった。この界隈は警察の塀も電柱も木製で、昭和の風情が残されていたが、Eさんたちが引っ越してきてから数年の間に警察署は六階建てのビルに建て替えられ、塀もコンクリート製の高い壁に変わった。それに伴い、側溝には蓋が取りつけられて、道もアスファルトで舗装された。

だが、警察署が建て替えられた直後は、まだ高い塀は完成しておらず、塀の高さは二メートルほどしかなかった。そして小学六年生になったEさんとIさんが二階の部屋にいると、消毒薬の刺激臭が漂ってくることがあった。

「凄い薬の臭いがするようになったんだけど……あれ、何？」

Eさんが母親に訊ねると、教えてくれた。

「おまえたちの部屋の真ん前に、変死体を調べる検視室ができたらしいんだわ」

二階の部屋は南と北に窓があり、南側の窓からは塀を挟んで、警察署の一階にある大きな扉を見下ろすことができた。そこが検視室らしいのだが、扉は常に閉ざされていた。

初夏の夜のこと、EさんとIさんは寝る前に戸締まりをした。この家の窓はすべて、昔よく使われていた木製の窓枠に捩《ね》じ込むタイプの鍵が取りつけられている。オレンジ色の豆球のみを点けて蛍光灯を消し、二人が布団を並べて眠ろうとしていると、外が何やら騒々しくなってきた。その上、フラッシュの閃光が何度か、閉めてあったカーテンの隙間から侵入してきたという。先に声を発したのは、妹のIさんのほうであった。

「もしかして……」

「変死体の写真を撮っとるんじゃない？」

「どうしよう？」

「ちょっと見てみん？」

二人はカーテンをめくって、その間からこっそりと外を覗いてみた。

すると、検視室の扉が開け放たれている。入口にはブルーシートが張られていたが、二人がいる二階からは広い室内がよく見えた。そこは大きな車が入れるガレージのような造りで、コンクリートの床に真っ黒な焼死体が横たえられていた。年齢や性別がわからないほどまで焼け焦げていたという。グレーの作業着に似た制服を着た男性たちが、慌ただしく動き回っていた。検視官であろう。

二人はしばらくの間、作業の様子と死体を覗いていたが、Eさんはじわじわと恐怖が込み上げてくるのを実感した。

「もう、見るのやめとこ」

「うん……」

Iさんも同意したので、二人はカーテンを閉めて布団に潜り込み、眠ろうとしたが、

(見ていかんものを見てまったがや……)

という罪悪感と、初めて焼死体を見た衝撃から、なかなか眠ることができなかった。

やがて、

カチャ、キイ……。カチャカ、キイキイ……。

カチャ、キイ……。カチャカ、キイキイ……。

検視室に面した南側の窓のほうから、鍵を回す音が聞こえてきた。さらに窓が開けられ、

何者かが部屋に入ってくる足音が続く。

この長屋は一階と二階の間に屋根があり、四軒とも繋がっているので、

(大変だ！　屋根伝いに変質者が来とる！)

と、Eさんは思った。以前、痴漢に車へ引き込まれかけたときの光景が脳裏を掠める。だが、次の瞬間、急に全身が動かなくなった。息を吸うこともできない。そこへ暗闇から大柄の人影が現れ、こちらにゆっくりと歩み寄ってきた。EさんとIさんが寝ている隙間に尻餅をつくように座り込む。焦げ臭かった。かろうじて人間の形は保っていながらも、全身が真っ黒に炭化していて、人相はわからない。ただ、顔を耳元まで近づけてきて、

「オ、マ……レ、ノ………ミ……ダロ……」

よく聞き取れなかったが、同じような言葉を何度も繰り返した。男の声だったという。

Eさんが何もできずに苦悶していると、黒焦げの男はのっそりと立ち上がって歩き出した。北側の窓の鍵が回され、窓が開けられる音がして、外へ出ていったという。

男がいなくなると、Eさんは身体が動くようになった。夢中で息を吸い込み、飛び起きて、まずは部屋の北側へ向かう。窓を閉めて鍵を掛けるためだ。しかし、窓は閉まっており、鍵も掛かっていた。南側も見に行ったが、同じく窓は閉まり、鍵も掛かっている。

よく考えてみれば、この部屋の鍵は窓の内側からしか掛けることができない。けれども先程、黒焦げの男は南側の窓の外側から鍵を回して開ける音をさせ、室内に入ってきた。

北側の窓も開けた音がしたのに閉まっていて、鍵も掛けたままの状態になっている。

（あれは絶対に変質者なんかじゃなかった。寝惚けて見まちがえたわけじゃない）

と、Ｅさんは確信した。

「Ｅちゃん、怖かったがあ！」

Ｉさんも布団から起き出してきた。声音が震えている。Ｉさんも同時に同じ音を聞き、身動きができなくなって、黒焦げの人影を目にしていたそうだ。聞き取り難いが、男の低い声で、

「オ、マエ……オレ、ノ、死体、ヲ……見タ、ダロウ……」

と、何度も繰り返していたという。


「きっと、自分の死体を見られたくなかったんだわ……」

Ｅさんは震え上がった。

それ以来、二人は変死体を見ないようにするため、南側の窓のカーテンを閉め切って、昼間でも絶対に開けないことにした。およそ半年後、警察署のぐるりに高い塀が完成すると、検視室は見えなくなったが、消毒薬の臭いが漂ってくる度に、Ｅさんはあの夜のできごとを思い出して怯えたそうである。

ホテルの美人画

　これはEさんの双子の妹、Iさんの体験談である。彼女はかつて某ホテルで客室係の仕事をしていた。このホテルの客室は、ベッド脇の壁に絵画が入った額が掛けられていた。絵画は印刷されたもので、ヨーロッパと思われる町並みや運河を描いたもの、広葉樹の枝葉を描いたものなど、部屋ごとに異なっている。

　大正時代から昭和初期にかけて活躍した画家の美人画もあったが、旅客機のフライト前に宿泊するキャビンアテンダントの女性たちは、なぜかそれを忌み嫌っていた。彼女たちの宿泊後にIさんが部屋に入ると、額をわざわざ壁から下ろし、裏返した状態になっていることが多かったという。

　ある日、Iさんが客室の点検をしていたときのこと。その部屋には、かの画家が描いた美人画の額が掛けられていた。胸の辺りまで描かれた女性が、結い上げた髪に花形の簪《かんざし》を差している。肌は白く、目はぱっちりとして垂れ気味で、鼻や口は小さい。鼠色の着物を着て、赤い帯を締めている。向かって斜め左に顔を向け、右頬の下で手を組んで、穏やかに微笑んでいた。

次の部屋へ点検に入ると――。

そこにも同じ美人画が掛けられていた。

（あれえ、変だな……）

このホテルでは、部屋ごとに別の絵画を飾っていたはずなのである。三番目の部屋に入ってみると、やはり同じ美人画が壁に掛かっていた。四番目の部屋もだ。

（何、これ？　絵が追いかけてきとるみたいだ！）

それだけではなかった。絵の構図は同じなのだが、描かれている女の姿に変化が生じていた。髪がほつれて顔面は青みがかり、ひどく物憂げな表情に変わっている。

五番目の部屋も、同じ女がIさんを見下ろしていた。また変化が生じている。女の髪がさらに乱れ、目の下には青い隈が浮かんでいた。同じモデルが病を患った姿を描いたように見える。Iさんは気味が悪くなってきた。こんなものを客室に飾るわけがない。

六番目と七番目の部屋は、女の頬がこけて白目を剥き、死相を浮かべていたという。

誰かが質《たち》の悪いいたずらをしたのかもしれない、とIさんは考え、上司に報告した。それでもう一度、上司と一緒に点検することになった。

ところが、各部屋を見て回ると、絵画はそれぞれ異なるいつもの作品に戻っていた。例の美人画もあったが、本来の穏やかな容姿だったという。

山梨のホテル

茨城県から「高崎怪談会」に来て下さった三十代の女性、Aさんから伺った話をする。

数年前の初秋、彼女は男女六人で二台の車に分乗して、山梨県へ旅行に出かけた。同行者は女友達のBさん、Cさん、Dさんとその夫、そしてAさんの弟である。

昼前にある観光地に着いて散策を始めたが、午後になるとBさんが「さっきから頭が痛くて……」と顔を顰《しか》めた。おまけに大粒の雨が落ちてきたので、少し早かったものの、午後三時頃には散策を切り上げて予約したホテルへ向かった。

そこは山の中にある五階建てのホテルで、一行は最上階にある広い部屋に案内された。中央にカウンターキッチンとリビングルームがあり、その周りに寝室が四室あって、それぞれベッドが二台ずつ並んでいる。浴室が一室、洋式トイレが二室設置されていた。

体調が悪いBさんを奥の部屋に一人で寝かせ、五人は午後十時頃まで宴会を楽しんだ。それがお開きになると、AさんはCさんと浴室近くにある寝室で眠ることにした。天井に取りつけられた電灯を消して、枕元にある電気スタンドの灯りだけは点けておく。薄暗い光の中、Aさんがベッドに横になると、まもなく——。

どん！　どん！　どん！　と、浴室のほうから壁を叩くような物音が聞こえてきた。

「あの音、聞こえる？」

Aさんは隣のベッドに声をかけたが、Cさんは早くも寝息を立てていた。気になったAさんは一人で様子を見に行こうと思い、天井の電灯を点け、部屋を出ると物音がやんだ。浴室のドアを開けて中を覗いたが、誰もいなかった。

（変ねえ。何だったんだろう？）

不審に思いながらもAさんがベッドに戻り、眠ろうとすると――。

バン！　バン！　バン！　バン！　と、今度は窓のほうから物音が響いてきた。初めは風の音かと思ったが、どうも人間が平手で窓ガラスを叩いているようだ。Aさんはまた電灯を点けて部屋を出た。リビングルームの電灯も点ける。厚手のカーテンを閉め切った窓の前には、誰もいなかった。

だが、バンバンバン！　バンバンバンバンバン！　と、窓ガラスが外から連打され始めた。この部屋は五階にあって、窓の外にベランダはない。Aさんは寝室へ引き返し、Cさんを起こそうとしたが、幾ら呼びかけてもCさんは目を開けなかった。諦めて、別室に一人で寝ている弟を起こしに行くと、

「何だよ、気分良く寝てたのに……」

弟は文句を言ったが、すぐさま訝しげな顔をした。

「あの音……何？」

「わからないのよ。カーテンを開けて、外の様子を見てくれない？」

「……冗談じゃねえよ！」

弟も状況を理解したらしい。幾ら頼んでも、なかなか応じてくれなかった。その間も窓を叩く音は激しくなってゆく。

「泥棒かもしれないよ。放っておくわけにはいかないじゃない！」

それなら二人で一緒に行こう、ということになった。二人ともびくびくしながら窓辺に歩み寄り、弟が深呼吸をしてから一気にカーテンを引き開けた。ところが、その瞬間、音は途絶えた。窓ガラス越しに外を見ると、深山幽谷の夜陰が広がっているばかりで、誰もいない。泥棒でないことはわかったが、Aさんは安心できなかった。

（ここ、〈出るホテル〉だったんだ……）

そのことに気づいた途端、恐ろしくて眠れなくなってしまった。弟と二人でリビングルームのソファーに座り、テレビを見ながら朝まで起きていることにした。天井の電灯や電気スタンドなど、灯りはすべて点けっ放しにしておく。けれども、同じように怖がっていた弟がじきに居眠りを始めた。起こそうとしたが、今度は弟もなかなか起きない。

そうこうするうちに、電灯が忽然と、すべて消えてしまった。

驚いたAさんが、真っ暗な天井を見上げると――。

天井近くの空中に何かが浮かんでいた。暗くてよく見えないが、大きなものが動き回っているらしい。ぐちゃっ、ぐちゃっ……と、水分を含んだもの同士が触れ合う音がする。

一つではなく、幾つも浮かんでいるようだ。暗闇に目が慣れてくると、動いているものの形がぼんやりと見えてきた。手足のない、長いものがいる。その数が続々と増えてゆく。

やがて、電灯が一斉に点灯した。消えたときと同様、独りでに――。

見れば、リビングルームの天井一面に夥《おびただ》しい数のナマコのようなものが蠢《うごめ》いていた。長さ四、五十センチほどで、何百匹、いや何千匹いるのか、数え切れないほどの数である。赤、黒、黄など、さまざまな色をしており、どれも全身が疣《いぼ》だらけで、粘液に覆われているのか、ぬらぬらと光っていた。一ヶ所に集合して人間の五体らしき形を成しているものたちもいれば、てんでんばらばらに動き回っているものたちもいる。

堪らずAさんはソファーから飛び上がって、甲高い悲鳴を上げていた。それでも、向き合って居眠りをしている弟は目を覚まさなかった。呼べど揺さぶれど、一向に起きない。他の部屋で眠っている友達も、誰一人起きてこなかった。

Aさんはフロントの従業員に来てもらおうと、部屋にある電話をかけようとしたが、話し中になっていて繋がらない。繋がるのを待っている間も、ナマコに似たものは次々に増殖してゆく。こうなったら、直接フロントまで行くしかない。Aさんはルームキーを掴んで部屋から逃げ出した。廊下を走った先にエレベーターが二台並んでいる。ボタンを押して呼ぶと、すぐに一台の扉が開いた。中には誰も乗っていなかった。

ところが、Aさんが乗った途端、どおん！　という大きな音がして内部が揺れた。何も見えなかったが、大勢の人間が飛び乗ったような衝撃が伝わってきたという。

Aさんはそのエレベーターから慌てて逃げ出すと、もう一台が来るのを待った。エレベーターが到着して扉が開く。無人であることを確認してから乗り込んだが、またもや重量のある物が落下したような轟音が響き、内部が揺れた。

（駄目だ。こんなの乗れないよっ！）

もはやどこにも逃げ場はなかった。そこでAさんは、悩んだ末に皆がいる部屋へ戻ったそうである。今度は何が何でも皆を起こすつもりで、恐る恐る部屋に入ると――。

先程の光景が嘘のように、ナマコに似たものの大群は一匹残らず姿を消していた。Aさんは気が抜けて、その場に座り込んでしまう。

とても眠れないので、朝までリビングルームで煙草を吸いながら起きていた。

（こんな部屋に泊まらせるなんて……）

ホテルに対する不満も胸中に湧き上がってくる。夜が明けると、全員が無事に起き出してきた。夜間に起きたことを告げたところ、誰もが驚き、早めに朝食を済ませてチェックアウトすることになった。外を見ると、雨が降っている。Aさんはホテルの玄関に傘立てがあり、貸し出し用のビニール傘が沢山置いてあることに気づいた。

三本の傘を抜き取って、同じ車に乗る弟とCさんに手渡し、自らも駐車場まで差して行った。それから他の観光地を巡ったが、三本の傘はホテルへの腹癒《はらい》せに、そのまま持ち帰ることにした。しかし、Cさんは帰途に気が変わったらしい。

「あそこ、〈出るホテル〉なんでしょう。こんな傘、家に持って帰りたくないなぁ」

「俺もいらねえ。姉ちゃん、何とかしてくれよ」

弟も同調している。三本の傘はAさんが自宅のアパートへ持ち帰ることになった。

Aさんは初め、傘をベランダに置いていたが、風もないのに窓ガラスを叩く音が夜な夜な聞こえてくるようになった。彼女の夫は夜勤があるので、単独で過ごす夜にその音が聞こえてくると、甚《いた》く不安な気持ちになる。そこで三本の傘を駐車場に駐《と》めてある車のトランクに入れておいた。

その日から部屋の窓ガラスを叩く音は聞こえなくなったが、今度は車を運転中に異変が発生した。Aさんの車は特注品の大きなバックミラーを取りつけてあった。それは非常に頑丈で、簡単には取り外せないものである。そのミラーが何の前触れもなく突然、外れて落ちてきたのだ。さらに車のリアウインドーを何度も叩く音が響く。Aさんは震え上がり、カーブでハンドルを切り損ねて、もう少しで対向車と正面衝突しそうになった。

（こんな傘を持っていたら、今に殺される……）

彼女は傘を山梨県のホテルまで返しに行くことにした。一人では怖いので、弟にも一緒に来てもらった。ビニール傘を傘立てに返したとき、

「いてっ」

弟が目を剥いて振り返ったが、背後には誰もいなかった。頭を叩かれたのだという。

なお、Aさんは「高崎怪談会」でこの話を語っている間、頻りに辺りを見回して落ち着かない様子であった。そして語り終えると、汗びっしょりになって「すみません。急に気分が悪くなったので……」と中座してしまったものである。

瀬戸の靴飛ばし

　愛知県瀬戸市での話である。現在二十代の男性Nさんは当時、小学三年生であった。天気が良い春の休日、彼は小学五年生の姉と近所の空き地へ遊びに行った。他にも同じ小学校に通う仲間たちが四、五人遊びに来ていて、皆で靴飛ばしをやることになった。これは順番に自らの靴を宙高く蹴り上げ、落ちてきた靴が表を向くか裏を向くかで、明日の天気や、願いごとが叶うか否かを占う遊びである。

　この日集まった児童の中ではNさんの姉が最年長で、靴を飛ばすのは最後であった。姉は〈青空まで届け！〉と言わんばかりに、力を込めて靴を蹴り飛ばした。姉の靴は、他の誰の靴よりも高く宙に舞い上がった。そして――。

　皆の視界から消えてしまい、落ちてこなかったのである。

「あれ……？」

「何で何で？」

「どうしたんだろう？」

　ここは広い空き地で、周りに木や建物などはなかった。何かに引っ掛かったとは思えない。鴉《からす》のような大型の鳥が咥えて持ち去ったわけでもなかった。Nさんは靴の行方を目で追っていたが、確かに靴は青空に吸い込まれるように消えたという。

「どうしよう……」

姉がつぶやく。Nさんや仲間たちも困惑して、互いに顔を見合わせた。

それから十秒以上経って、いきなり上空から靴が落ちてきた。地面に落下して鈍い音を立てた靴は、何度か転がって、動かなくなった。皆、気味が悪くなって遊ぶのをやめ、すぐに解散して帰宅したという。


その晩。姉は夕食を終えると宿題をやるため、リビングルームを出て自室へ向かった。

まもなく、姉のけたたましい悲鳴が聞こえてきた。

「姉ちゃん、どうしたっ!?」

Nさんが様子を見に駆け出すと、両親もついてきた。姉が腰を抜かしたように、自室の前の床に座り込んで苦悶している。靴下が裂け、足の甲が血まみれになっていた。

「ドアが……。ドアが、急に……」

姉がやっと語った話によれば——。

彼女が自室に入ろうとしてドアを開けると、何者かが部屋の内側から強く押したかのように、それが勢いよく閉まってきた。彼女は逃げることができず、ちょうど自室に踏み入れた片足をドアに強く挟まれてしまった。

両親が確認したが、その部屋にはもちろん、誰もいなかった。部屋の窓も閉まっていて、鍵が掛かっている。姉は両親によって車で救急病院へ運ばれ、手当てを受けた。骨折はしていなかったが、十日ほどは歩くのも困難だったらしい。

姉が怪我をしたのは左足の甲で、靴飛ばしに使ったのも左足の靴だったことから、Nさんは昼間の現象と関係があるに違いない、と思ったそうだ。

だるまさんがころんだ

昔、群馬県伊勢崎市でのこと。現在四十八歳の男性Rさんが小学二年生だった頃のできごとである。当時はベビーブームと呼ばれる社会現象が起きたあとで子供が多かった。その日、Rさんは同じ町の子供たちと寺の境内で遊んでいた。同級生もいたが、年齢はまちまちで、下は幼稚園児から上は小学六年生まで、十四、五人いたという。〈だるまさんがころんだ〉という遊びをやるうちにRさんは鬼になった。

境内に植えられた桜の木と向き合って、両手で目隠しをする。

「だ、る、ま、さ、ん、が、こ、ろ、ん、だ！」

言い終えて振り返ると、祖母が立っていた。他には誰もいない。先程まで一緒に遊んでいた十四、五人の子供たちが、一人もいなくなっていたのだ。おまけに昼間だったはずなのに、いつしか真っ赤な夕焼けの空が広がっていた。

「帰るよ」

祖母が優しい声で言う。Rさんの帰りが遅いので迎えに来てくれたのである。

Rさんは怪訝に思いながらも、祖母と一緒に自宅へ帰った。他の子供たちがいつの間にいなくなったのか、Rさんにはわからなかった。大勢が一斉に走り去れば足音が聞こえたはずなのに、まったく聞こえなかったそうだ。

翌日、学校へ行ったときに、昨日一緒に遊んだ記憶がある子供たちがいたので、

「昨日、何で僕をお寺に置いて帰っちゃったんだい？　ひどいじゃないか」

と、問い質《ただ》してみたが、誰もがしばらく唖然としてから、同じことを言ったという。

「俺、昨日はおまえと遊んでないし、お寺にも行ってないよ」

宵のお使い

一九七〇年代後半のこと、高知県に住んでいた女性Kさんは当時小学生で、よく母親にお使いを言いつけられた。彼女の母親には悪い癖があった。日が暮れてから食材がないことを思い出しては、買い物を頼むことである。

「お化けが出るから嫌だよ」

「お化けもおまえの顔を見たら逃げるから、大丈夫だよ」

少女にとっては残酷ともいえる冗談で諭され、いつも渋々行かされていた。

家の近くにどうしても通らなければならない一本道があった。舗装されていない細い道で、両脇に空家があり、庭には木々や雑草が生い茂っていた。街灯からも離れていて、都市部の住宅地でありながら、夜は真っ暗になってしまう。

Kさんが十歳になった、十一月のこと。午後五時過ぎに、彼女はまた母親からお使いを頼まれた。夕刻とはいえ、晩秋なので辺りは真っ暗になっている。Kさんは近所の八百屋まで一気に走ると、長ネギを一本買って引き返してきた。寒々とした晩のことで、月が出ていて夜道は明るかったが、例の一本道まで来ると怖くて堪らなかった。そこだけはやはり、暗闇が深く濃く感じられる。他に通行人がいないこともあって、草木に覆われた空家の庭から、お化けが飛び出してきそうな気がしてならない。我慢して歩いてゆくと――。

不意に後方から何者かに背中を押された。片手が触れた感触が確かにあった。その上、

「ああ、食べてしまいたい！」

老婆のものと思われるしゃがれた声が、真後ろから響いたのである。

驚いて振り返ったが、人気《ひとけ》はない。近くの家から聞こえてきたのかな？　と子供なりに推測して心を落ち着けようとした。だが、また歩き出そうとしたとき――。

手に持っていた長ネギが、真っ二つに切断された。

Kさんは悲鳴を上げて遁走《とんそう》していた。自宅に駆け込み、短くなったネギを見せて泣きながら事情を話すと、

「何馬鹿なこと言ってんの」母親が呆れ返っている。「しょうがない子ねえ」

母親は苦笑しながら懐中電灯を持ち出して、ネギの残りを拾いに出ていった。ところが、じきに手ぶらで帰ってきて、

「本当に、何かいたのかしらね……？」

青ざめた顔をして黙り込んでしまう。ネギは切り刻まれて地面に散らばっていたそうだ。

Kさんが持ち帰ったほうにも、鋭利な刃物を思わせる切り口が残されていたという。

2019年2月

15

金曜日

夜、オレンジ色の豆球を点けて、自分の部屋で寝ていた。畳に布団を敷いた寝床だ。

ザクッ、ザクッ、ザクッ、ザクッ、ザクッ……。

ふと目を覚ますと、砂利を踏み締めるような足音が聞こえてきた。横を向いたら、軍服を着た兵隊たちがいた。みんな日本人だと思う。剣をつけた銃を担いで、畳の上で足踏みをしていた。腰に長い刀を提げた男もいた。

兵隊は十人以上いたけど、誰も私のほうを見なかった。

夢かな、と思いながら枕元の時計を見たら、午前二時十五分を指していた。それをはっきり覚えているので、夢じゃないと思う。びっくりして身体が動かなくなり、部屋から逃げ出すこともできなかった。

去年、お祖父ちゃんが亡くなって、お葬式で聞いたお経を適当に唱えているうちに寝てしまった。次に目が覚めたときは、もう夜が明けていた。

（体験者、M子さん。中学二年生。体験場所、自宅二階の六畳和室）

2019年2月

16

土曜日

また兵隊が出てきたらどうしよう？　怖かったので、家にあったお守りを手にして寝た。同じ市内にある大きな神社のお守りだ。

早く眠ってしまいたい、朝まで目が覚めないといいな、と思いながら布団を頭から被っていたけど、ちっとも眠れなかった。そのうち昨日とは違って、ひどく息苦しくなってきた。空気が重い気がする。そして、ガシャッ、ガシャッ……という物音が聞こえてきた。

布団から目まで出して横を向いたら、鎧武者が立っていた。二人の鎧武者と、兜を被っていない足軽らしい格好をした男が七、八人、足踏みをしていた。みんな血だらけだった。オレンジ色の豆球を点けていたので、血がどす黒く見える。足軽たちは、藁草履を履いた片足を前に出して、もう片足を引き摺るような格好で足踏みをしていた。

時計を見たら、午前二時十五分を指している。またお経を唱えると、鎧武者の一人が身体を屈めて、私を覗き込んできた。兜の下は傷だらけで、目が血走って、鬼の顔のようだった。

思わず布団に潜り込んで、少し経ってから顔を出してみると、全員いなくなっていた。

（体験者、M子さん。中学二年生。体験場所、自宅二階の六畳和室）

2019年2月

17

日曜日

もう何も出ないでほしい。両親に見つかったら「電気代がもったいない」と怒られそうだが、電灯を点けたままにして寝た。前の夜に一睡もできなかったせいか、よく眠れた。途中までは……。

真夜中過ぎに突然、喉が痛くなって目が覚めた。身体に重石《おもし》が乗っているような感じ。目を開けたら、電灯を点けていたはずなのに、部屋の中は真っ暗になっていた。目が暗闇に慣れてくると、白装束の女の姿が見えてきた。白い布を紐で額に縛りつけて、顔を隠している。仰向けに寝ていた私は、その女に馬乗りになられ、首を絞められていた。

あと、頭のほうにもう一人、同じ身なりをした女がいた。壁から身体の前半分が浮かび出ている。後ろ半分は壁の中にある。その女は正座をしていて、顔を私に近づけてきた。白い布で顔を隠していたが、息ができずに苦しんでいる私の顔を覗き込み、喜んでいるようだった。

逃げようとして横を向くと、枕元の時計が見えた。また午前二時十五分を指している。その直後、私は絞め落とされてしまったらしい。気がつくと朝になっていた。喉が痛い。

（体験者、M子さん。中学二年生。体験場所、自宅二階の六畳和室）

大阪の美容室

大阪府在住の怪談ファン、ゆきえさんは御自身で聴き集めたネタを何度か私に提供して下さっている。拙著『怪談標本箱　生霊ノ左』収録の「上段の剣」などがそうだ。あるとき、彼女は行きつけの美容室の男性店長S野さんから、こんな話を聞いたという。

S野さんの店では現在、カットした頭髪を可燃ゴミとして捨てているが、以前は専門の引き取り業者が来て、美容専門学校に届けていた。一九九〇年代までは髪を染めるカラーリング剤の配合が難しく、実際に人間の頭髪を使って何度も練習しないと、思い通りの色が出せなかったからだ。そのため美容専門学校では実習用として、常に大量の頭髪を必要としていたのである。

さて、当時のこと。S野さんはまだ青年で、別の店に雇われていた。この店ではカットした大量の頭髪を大きな黒いポリ袋に溜めておき、引き取り業者に袋ごと渡す決まりになっていたそうだ。

ある日、顔馴染みの引き取り業者がいつも通りに訪れて、頭髪が入ったポリ袋を三つ持っ

ていった。ところが、数時間後にその業者が渋い顔をしながらまたやってきて、

「悪いけど、これは受け取れん」

応対したS野さんに、ポリ袋を三つとも〈返品〉してきた。

「なんか、粗相《そそう》でもありましたか？」

「ん……自分《君》らで確認してくれ」

業者は言い難《にく》そうにそれだけ言うと、そそくさと帰ってしまった。このときはちょうど店長が留守で忙しかったので、S野さんはポリ袋を店のバックヤードに運んでおいた。

夜になって店長が戻ってきた。閉店後、S野さんが昼間のできごとを伝えると、

「何やろな？　S野ちゃん、その袋、開けてみてくれ」

店長からそう指示された。

S野さんはバックヤードへ行き、ポリ袋の縛ってあった口を開けてみて、思わず息を呑んだ。大部分が黒髪《くろかみ》や茶髪《ちゃぱつ》だったはずなのに、中に入っていた頭髪は全部、白髪《しらが》になっていた。

（これは、どういうことや⁉）

第二の袋、第三の袋も開けて中身を調べてみたが、どちらもすべて白髪になっている。

確かに元々、白髪も少しは混ざっていた。しかし、既に述べたように、ほとんどが黒髪

や茶髪だったので、S野さんは愕然として、身動きができなくなってしまった。一度カットした頭髪がそのあと独りでに白髪へと変色することは、科学的に有り得ないのである。

見たままのことを報告すると、店長は、

「またか……。たまにあんねん」

と、笑みを浮かべただけであった。

「S野ちゃん、それ、燃えるゴミに出しといて」

だが、よく見ると店長の目は笑っていない。むしろ双眸《そうぼう》が針の先のように光っていた。

(なんか知っとるな。せやけど、こっちからは訊かんほうが良さそうな感じやな……)

S野さんは店長の目つきが不気味に思えて、何も訊けなかった。

S野さんの自宅は両親が理髪店を経営している。帰宅してから、両親にこのできごとを語ると、父親の表情が強張った。

「おまえ、その店辞めろ」

「えっ。何で？」

「ええから、すぐに電話かけて、今日限りで辞めます、と店長に言え」

「せっかく慣れてきたんに、何で辞めなあかんねんな？」

「理由は言えん。ただな、この世界には働いたらあかん店があるんや。その店は絶対にあかん。それから、使《つこ》うてた鋏とか、全部捨てろ」

普段は穏やかな父親が、珍しく険しい表情を浮かべている。語気にも有無を言わせぬ厳しさがあった。

(なんやわからんけど、これはただごとやないな)

と、S野さんは悟った。彼は元々、両親のことを人間としても仕事上の先輩としても尊敬していたので、父親からそこまで言われると逆らえなかった。それに今日、店長が見せた態度も気にかかる。S野さんは店長の自宅に電話をかけた。

「夜分に、急な話ですみません。できれば店を今日限りで辞めたいんですけど……」

「ああ……。ええよ」

引き止められるかと思ったが、店長があっさりと承諾したので、S野さんは些か拍子抜けした。彼はその日付で退職し、翌朝には使っていた鋏などの道具一式を回収してきて、すべて廃棄処分した。その美容室はそれから一年ほどで閉店してしまい、店長は行方がわからなくなったという。

また、のちにS野さんの両親も相次いで亡くなっている。したがって今となっては、なぜ父親があんなことを言ったのか、理由を知る術《すべ》はないそうだ。

戦争未亡人の家

二〇〇八年、福岡県での話だ。N子さんの伯母は戦争で夫を亡くして以来、一軒家で長年独り暮らしをしていた。彼女が認知症で養護施設に入居してからは、盆と正月、彼岸の前に、N子さんの父親が家の手入れや仏壇の世話をしに行くようになった。だが、やがて父親も病で寝たきりになってしまい、盆が近づくと、N子さんとその妹に世話を頼んだ。

「伯母さんの家に行って、仏壇にお供えをしてやってくれ」

N子さんと妹は伯母の家に行くと、閉め切ってあった窓を開けて空気を入れ換えた。そして仏壇の扉を開き、まず水と茶を供える。次に左右の燭台に蝋燭を立てて火を点けた。その火を線香に点けて供えるつもりだったが、そこでN子さんは異変に気づいた。

向かって右手の蝋燭は炎がまっすぐ上に向かって燃えている。ところが、左手の蝋燭の炎は左へ向かって、横倒しになっていた。蝋燭も灯芯の向きもまっすぐなのに、炎だけが九十度に曲がって燃えている。煙も横へ流れていたが、風は吹いていなかった。N子さんと妹は声も出せず、見入ってしまった。驚きのあまり、証拠となる写真を撮り損ねたそうだ。その蝋燭の炎は、二人が消すまで横倒しのまま、十分以上燃え続けていたという。

逆回転

「えっ？　そんな人、見てないわよ」

「あたしもです」

「俺も……。先輩、それ、本当なんスか？」

霊園出口前の信号が赤になったので、車を停めたときのことである。

「変な爺さんが一人でいたよな。みんなも見ただろう？」

車を運転していた若い男性Dさんは、同乗していた三人にそう訊ねた。三人は会話に夢中で、例の人物に気づいた様子がまるで見られず、不審に思ったからだ。

つい先程、その人物と四回目の遭遇をしたばかりであった。

それより少し前にも、同じ人物と三回目の遭遇をしていた。黒いモーニングコートを着て、シルクハットを被った、八十歳くらいの小太りな老人である。走り抜けてからサイドミラーを覗くと、街灯に照らされて老人の姿がよく見えた。同じ場所に立ち止まって、頭を抱えるような仕草をしながら、口を盛んに開閉させていた。「おいおい！　乗せてくれんのか！」と文句を言っているかのように――。

　さらに少し前にも、同じ老人と二回目の遭遇をしていた。この一本道は片側一車線しかなく、向かって左側には高い塀が続き、右側には広大な霊園が広がっている。霊園のほうにだけ歩道があり、車道と並んで続いていた。老人は常にその歩道に立ってこちらを向き、片手を高く上げながら現れる。タクシーを呼び止める合図のように――。

（こんな夜中に……。惚け老人の徘徊か？　それとも、変質者なのか？）

　大体、墓参りをする時間帯ではないし、モーニングコートといえば昼間の正礼装であり、夜中に着る服ではない。Dさんは咄嗟に、変な奴には関わらないのが得策、と判断して車を停めなかった。バックミラーを覗くと、老人は頭を抱えて何か文句を言っていた。

　この老人との最初の遭遇は、霊園沿いを走る道路に入った直後から発生していた。手を上げている老人に気づいたDさんは、バックミラーを確認してみたが、タクシーはおろか、後続車は一台も来ていなかった。

（俺に停まれって？　タクシーじゃないんだぜ。第一、この車は四人で満席だよ）

　Dさんは軽自動車を停めることなく、通過させた。それがことの始まりで、このとき助手席には当時の彼女が、後部座席には大学の後輩男子とその彼女が乗っていた。東京都内で深夜まで遊び、車で地元の神奈川県まで帰る途中のできごとであった。

　二〇一九年現在、三十代後半のDさんが、大学生だった頃の話である。

逆回転Ⅱ

二十代の女性Bさんは、そのまま同じアパートに住み続けている。怪異が発生しなくなったからだ。

「あれも原因の一つ、なのかもな……」

三十代の男性Xさんが、そのアパートの周辺を見て回ったところ、石碑があった。太平洋戦争の空襲で亡くなった人々の慰霊碑である。毎夜、Bさんが住む部屋の決まった場所に異変が起きるのだが、同じ方位に慰霊碑は存在していた。

その前に、XさんがBさんの部屋を調べると、四本ある柱の高い位置ばかりに都合十三本もの釘が打ち込まれていた。それらはBさんが入居したときには既にあったという。ハンガーやカレンダーを掛けておくための釘なら、壁などに打ち込むことが多い。この部屋の釘はいずれも柱の、脚立でも使わないと届かない天井近くに集中して見られた。また、押し入れの中の桟にも一本だけ打ち込まれていた。釘の長さはいずれも七センチくらいで、半分ほど打ち込まれた状態であった。

それらを見たXさんは、過去の入居者が何らかの呪いをかけていったのではないか、と考えた。彼は近くにある自宅へ一旦帰り、バールを持って戻ってくると、不審な釘をすべて引き抜き、部屋の四隅に塩を少しずつ撒いた。

Bさんによれば、

「夜になると、いつも部屋の東南側にある壁の前に、人みたいな形をした黒い靄が浮かんでくるんです。朝になると消えていて、何かしてくるわけじゃないんですけど、独り暮らしだから気味が悪くって……」

とのことである。その壁の横に立つ柱にも、三本の釘が打ち込んであった。

Xさんが壁の前を凝視すると、それは昼間でも目にすることができた。初めは黒い靄に見えたが、徐々にその姿がはっきりしてくる。

やがて、ムシロを頭から被った男の全身が現れた。モノクローム映像のような黒と白の二色で、白い浴衣らしき衣服を着て立っている。背は一四〇センチ程度で低いものの、子供ではなく、中年の男の顔をしており、ぎょろりと目を剥いていたという。

Xさんはどこにでもいそうな会社員なのだが、怪異と遭遇した経験が豊富で、職場の仲間たちからよくこんな相談を受ける。「趣味だからいいよ」と無償で問題を解決しているそうだ。Bさんは同じ会社の後輩で、二人の間に恋愛関係はない。

神奈川県Y市でのことである。

少しむかしの男

現在二十八歳の女性Lさんは、二十歳の夏に一度だけ、当時の彼氏と肝試しに行ったことがある。場所は群馬県の山里にある大きな寺で、実はラブホテルへ行く前の余興だったという。寺の山門は夜も閉鎖されないので、二人は境内に入ることができた。

広い境内には他に人気がなく、外灯が点いている場所はあるものの、静まり返っている。彼氏が持参した懐中電灯を持って先に立ち、Lさんは後ろについていったが、奥のほうまで歩いても何も起こらず、暗くて不気味なだけであった。

「ねえ、そろそろ車に戻ろうよ」

「おっ、この上に神社があるのか。行ってみようぜ」

彼氏が懐中電灯で赤い鳥居と急な上りの石段を照らしている。裏山に小さな神社が隣接しているらしい。

「あたし、こんな急な階段、上りたくない」

「じゃあ、そこにいろや。俺だけ行ってくっから」

彼氏は吐き捨てるように言ったかと思うと、たちまち幅の狭い石段を上り始めた。

「あっ、ちょっと……」

Lさんは懐中電灯を持っていない。真っ暗な境内に一人で取り残されるのは御免蒙《ごめんこうむ》りたかった。

「まったくもう！」

渋々跡を追ったが、途中で息苦しくなってきた。夏の熱帯夜のことでもあり、身体が火照《ほて》って汗が噴き出してくる。けれども彼女にかまわず、彼氏はどんどん上に行ってしまう。「ねえ！」と呼んだが、振り向きもしなかった。

「どうしちゃったん？　ばかに不機嫌ねえ……」

Lさんは手摺りに掴まりながら、ようやく石段を上り終えた。平坦な狭い土地があって、小さな社がある。その先は鬱蒼とした森の中へと細い道が続いていた。

「さあ、もういいでしょ」

帰ろうよ、と言いかけたとき、森の中からいきなり巨大なものが浮かび出てきた。

それは途轍もなく大きな男の生首であった。〈大顔〉と表現したほうが適切かもしれない。馬面で、小柄なLさんの身長と同じくらいの長さがあった。短髪で肌は真っ白、大きな目を剥いて、彼氏のほうへ飛んでくる。

「おっと」彼氏が横に身をかわした。その後ろにいたLさんめがけて、〈大顔〉が迫ってくる。頬骨が突き出し、無精髭を生やした醜い男の顔が、眼前一杯に広がって――。

　Ｌさんは気がつくと、地面に座り込んでいたという。数十秒間と思われるが、記憶が飛んでいたそうである。

（あれ……？　あたし、何でこんな所にいるんだろう……）

　思い出すまでに、また少し時間がかかった。やっと〈大顔〉に襲われたことを思い出す。慌てて左右を見回したが、既に〈大顔〉はいなくなっていた。代わりに彼氏が呆れ返った表情でこちらを見下ろしている。

「何やってんだ、おまえ？」

「あ、あのね！　も、も、森の中から、ね……」

　Ｌさんはしどろもどろになりながらも事情を伝えて、

「や、や、ヤス君は、だ、大丈夫、だったの？」

　彼氏のことも気遣ったのだが、ふん、と鼻で笑われた。

「何言ってんだ、おまえ？　俺はそんなもの、見てねえぞ」

「ほんとに!?　ほんとに、あれを見なかったの!?」

「……そういやぁ、白い靄が飛んできたな。初めはあの辺に浮かんでたんだ」

彼氏が森の中を指差す。

「ユラユラこっちに近づいてきて、何だか気持ち悪いから、よけたんだ」

「……じゃあ、あれがもっと前から見えていたのに、教えてくれなかったの!?」

Lさんは憤りを覚えながら、自力で立ち上がった。

「だって、俺にゃ白い靄に見えたからな」

彼氏は手を貸そうともせず、冷笑を浮かべていた。Lさんは何やら馬鹿にされたような気がして、ますます憤りが込み上げてくるのを抑えることができなかった。

だが、そこで圧倒的な寒気がLさんを襲った。首筋から背中にかけて、氷の塊でも押しつけられたかのように冷たくなる。わなわなと身震いがして、止まらなくなった。

「ああ、気持ち悪い……」

それでも、彼氏は黙ってへらへらと笑うばかりだ。Lさんを気遣うこともなく、平然としている。肝試しに来る前とは、別人になってしまったかのようであった。

「もう……早く、帰ろうよ……」

この夜はラブホテルへ行くのをやめて家まで車で送ってもらったが、車内ではろくに会話もしなかった。実はこの頃、彼氏は他の女性を好きになり始めていたらしい。日ならずして、二人は別れたという。

モルレーの泉

Y子さんは二十代の頃、語学を学ぶため、フランスにホームステイをしたことがある。場所はフランス北西部、海を挟んでイギリスとの国境に近いブルターニュ地方の静かな村であった。ホームステイ先は海を見下ろす土地に建てられた石造りの大きな古民家で、パリから移住した中年の夫婦と子供二人が住んでいた。

語学の授業は月曜日から金曜日まで、数十キロ離れた町の商工会議所に教室があり、中級者クラスの生徒はY子さん一人である。たまたま担任の女性講師とステイ先の奥さんが友達だったので、奥さんが講師の家まで毎朝送迎してくれる。そこから講師の車で一緒に教室へ通うことになっていた。授業は昼頃で終わることが多いので、Y子さんは午後や週末は近くの町を散策して過ごすことにした。

ある日、モルレーという小さな町へ行ったときのこと。観光協会を訪れると、〈泉巡り〉を勧められて地図をくれた。手描きの絵をコピーしたものだが、田舎町らしい温かさが感じられ、Y子さんは気に入った。この町には泉が多いらしい。地図を片手に町を歩くと、家々の間に幾つもの泉を見つけることができた。

しかし、どうしても見つけられない泉があった。それで同じ道を行きつ戻りつしながら地図を睨んでいると、初老の男性が声をかけてきたという。

「ボンジュール。マドモアゼル、ジャポネーズ？（こんにちは。貴女は日本人かね？）」

田舎町なので日本人に会うのは珍しいらしい。男性は、

「私はここで生まれて六十年ばかり住んでいる。町のことなら何でも訊いておくれ」

と、人の良さそうな満面の笑みを見せる。

Y子さんは地図を指差した。

「この泉を探しているんです」

男性は地図を凝視していたが、やがて首を傾げながら、

「おかしいな……。この地図だと、あの家が泉の場所になってしまうな」

道路の向こうを指差す。そこには石造りの古めかしい民家しかなかった。

「ムッシュー、あの家の庭に泉はありませんか？」

「それはないなぁ。私はあの家の主《あるじ》とは長年の友達なんだ。大体、この通りには昔から泉はなかったよ。地図を作った人がまちがえたんだろうね」

Y子さんは彼に御礼を言って別れたあと、他の泉を全部巡って、ホームステイ先の家に帰宅した。その家族の前でモルレーでの一件について地図を見せながら語ったところ、

「変だな。僕らも去年、泉巡りをしたけど、そんなことはなかったよなぁ」

と、御主人が言い出した。

奥さんも「そうよねえ……」と首を傾げている。「どうも不思議だね」と話が盛り上がり、Y子さんは翌日の授業後に奥さんと、もう一度モルレーを訪ねてみよう、ということになった。

当日は話を聞いた女性講師も加わり、三人でモルレーへ向かった。

当然のことながら、町並みは昨日とどこも変わっていない。じきに昨日、Y子さんが初老の男性と出会った通りに入った。

ほらね、泉なんてないでしょう——そう言おうとして、Y子さんは絶句した。

他の家はそのままなのに、あの石造りの古めかしい民家だけがなかったのである。そこには泉の解説をした小さな案内板と、ライオンの石像があって、口から水が音を立てながら湧き出していた。

「ああ、ここなら覚えてるわ。去年来たときもこんな景色だったわよ」

奥さんの言葉に、Y子さんは呆然としてしまった。そして、あの初老の男性ともう一度会って話を聞きたいと思ったが、再会することはできなかったそうである。

謎

六十代の女性Wさんが、二十年近く前に群馬県前橋市の自宅で体験した話をする。日曜日の午前中、彼女の夫は仕事に出かけており、高校生の長男と中学生の次男が家にいて、一階の居間でパソコンを使い、ゲームを作って遊んでいた。Wさんは二階にある寝室の掃除をしていたが、途中で喉が乾いたのでお茶を飲もうと思い、一階に下りてきた。すると、居間には誰もいなくてひっそりとしていた。

（あら？　誰もいないや。おかしいわねえ）

Wさんは居間でお茶を淹れて一杯飲むと、台所で湯呑み茶碗を洗った。それを逆さにして水切り台の上に置いてから、また二階に戻って掃除を再開した。

しばらくして、下から息子たちの話し声が聞こえてきた。再び階段を下りて居間へ行ってみると、息子二人がパソコンに向かっている。

「さっき、どこに行ってたん？」

Wさんが訊ねると、息子たちは怪訝な顔をした。

「俺たち、ずっとここにいたよ」

長男が言う。

「えっ……？　さっきお母さんが下りてきたときは、二人ともいなかったいね？」

「いや、もう一時間以上前から、ここにいるよ」

そこで次男が、さらに意外なことを口にした。

「さっきって？　お母さん、ずっと二階にいたじゃん」

その言葉に長男が頷く。

Wさんは唖然として、何も言えなくなってしまった。

(そんなことが……。確かにここでお茶を飲んだのに……)

台所へ行ってみると、彼女の湯飲み茶碗は水切り台にはなく、食器棚に収まっていた。

「ねえ。湯飲み茶碗、仕舞ってくれたんかい？」

「湯飲み茶碗？　俺たち、何もしてないけど」

長男の言葉に、今度は次男が頷く。二人の表情からして、嘘を吐いているとは思えない。

「じゃあ、あたしはどこへ行ってたんかねえ？」

Wさんの問いかけに、今度は息子たちが唖然として黙り込む番であった。

二十年近く経った現在も、この謎は解けていない。

真夜中のロボット

宮城県仙台市出身で、現在は三十代後半の男性N田さんが、六歳だった頃の話である。彼は毎月、両親に幼児向けの月刊雑誌を買ってもらっていたが、その号の付録は組み立て式のロボットであった。当時流行っていた特撮ものの〈合体スーパーロボット〉で、組み替えると飛行体になる。雑誌の付録なのでボール紙製だったが、そのロボットが大好きだったN田さんは、胸を躍らせながら夢中になって作り始めたそうだ。

しかし、六歳児にとってはパーツが多く、複雑な構造になっていたので、夜になっても捗《はかど》らずにいた。半分まで組み立てたところで就寝時間になってしまい、両親から寝室へ行くように命じられた。残りは明日、幼稚園から帰ってきてから作るしかない。それはN田さんにとって、一年も先のことのように感じられた。

（ああ、あ……。まだ作りたいのになぁ）

N田さんは枕元に作りかけの付録ロボットを入れた箱を置いて寝た。当時は家族三人が八畳間に川の字になるように布団を敷き、N田さんはその真ん中で寝ていた。電灯はオレンジ色の豆球だけが点いている。ロボットを作ることばかり考えて布団に入ったせいか、彼は真夜中にふと目が覚めてしまった。それきりロボットのことが気になって眠れない。そこで布団から出ると、枕元に座り込んでパーツを組み立て始めた。

けれども、豆球の灯りだけでは室内が暗すぎた。作業は進まず、やっと片翼のパーツを作ったところで諦めるしかなかった。そのときのことである。

何気なく枕元近くの白い壁に目をやったところ、いつしか壁の中から大きなものが浮き出ていることに気がついた。何だろう、と見上げると、それはロボットらしき形状をしていた。ただし、今作っているような〈合体スーパーロボット〉ではなく、もっと古臭い感じの、贋作らしい名前も知らない玩具のロボットとよく似ている。

背丈はN田さんよりも少し高いくらいだが、横幅は倍以上もありそうで、ブリキ製らしい頭部や胴体は四角くて黒光りしていた。長円形の両目がオレンジ色に光っている。頭のてっぺんにアンテナらしきものを載せていた。

「うわあ！」

N田さんは驚くやら、うれしいやらで立ち上がり、ブリキロボットと向かい合った。彼はこのとき、片翼のパーツを右手に持ったままであった。すると突然、ゼンマイ仕掛けを思わせる、ジイイイ……という音がして、ブリキロボットの片腕が動き始め、こちらに伸びてきた。その手の先は二股に分かれていて、物を掴めるようになっている。

「あっ！」

N田さんは右手首をブリキロボットに掴まれた。ゼンマイ仕掛けの音が続いて、ブリキロボットが後退を始めた。知らないうちに壁の一部が透明になっていて、その中へ潜ってゆくのだ。引っ張られたN田さんの右手も壁の中にめり込んだ。壁はまるでゼリーか寒天のように柔らかくなっていたという。

N田さんは仰天し、右手を引き抜こうとした。だが、その弾みで片翼のパーツを落としてしまった。同時にブリキロボットも二股の手を離す。N田さんが慌てて右手を引っ込めると、ブリキロボットの姿が消えてゆき、透明だった壁の一部も白色に戻った。

（しまった！）

そこでN田さんは片翼のパーツを落としていたことに気づいた。目の前には白い壁があるだけで、触ってみると堅い。いつもの状態に戻っていた。それなら壁の下に片翼のパーツが落ちているのではないか、と探してみたが、なかなか見つからない。うるさくしていたので父親が目を覚ましてしまった。

「こらっ。夜中だぞ。もう寝ろよ」

N田さんはやむなく布団に戻って眠るしかなかった。朝が来て、目が覚めたとき、

（あれは、夢だったのかもしれないなぁ）

子供心にそう考え、付録ロボットを調べてみたが、片翼のパーツだけが見つからなかった。両親に一部始終を説明すると、二人とも「そんなこと、あるわけないでしょう」「夢でも見たんだろう」と笑いながらも、一緒に探してくれた。布団をめくって、三人で部屋中を丹念に探してみたが、片翼のパーツはどこにもなかった。もちろん、白い壁にも異状はない。どこかに紛れ込むほど物品が置いてある部屋ではなかったので、

「不思議だねえ」

両親が同時に同じことを言って、顔を見合わせた。そしてN田さんの話を信じてくれたようである。

結局、大好きな付録ロボットは完成しなかった。翼が片方しかないことから不恰好になってしまったのだ。完成させるには、同じ雑誌をもう一冊、買ってもらうしかないので、

「また買ってよ！　ねえ、買って！　買ってよう！」

N田さんは泣いて母親にねだったものの、買ってもらえなかった。

このできごとでN田さんがロボット全般を嫌いになることはなかったが、それ以来、壁が怖くなったそうで、現在も自宅に限らず、壁に触れるのは苦手だという。

朝の事故車

　広島県在住の男性Mさんは、休日の朝、車に乗って妻と外出した。自宅から五分ほどの山の中を走っていたとき、反対車線のガードレールの向こうに一台の白い車があるのを認めた。

「おや、事故車か……」

　Mさんは車を徐行させながら、目を凝らした。怪我人がいるなら警察と消防に通報しなければならない。だが、車内に人影はないようだ。

　そこでMさんは初めて異変に気づいたという。この道路は毎日通る通勤コースで、よく知っているのだが、ガードレールの前後はずっと崖になっていて、車が向こう側へ出られる場所はない。ガードレールには車が激突した際にできたと思われる凹《へこ》みがあったものの、原形は保たれており、突き破って越えたわけでもなかった。

「あの車、どうやってあっち側に出たんじゃろ？」

「あら、ほんとに。不思議ねえ」

　助手席にいた妻も首を傾げていたが、このときは用事があったし、反対車線なので、帰りにまだあったら見てみようか、とMさんは考えて通過した。

数時間後、用事が終わって帰路に就いた。同じコースを逆戻りして、先程の場所まで来てみると……。

白い事故車があった場所には、何もなかった。

「レッカー車が来て、運び出されたんかな」

Mさんはバックミラーで後続車が来ていないことを確認すると、車を停めて降りてみた。それで愕然としたという。

よく見ると、数時間前に白い車があった場所には、地面すらなかった。ガードレールの向こうは崖になっていて、三メートルほど下に小さな池が茶色の水を湛《たた》えているだけであった。しかもガードレールを見ると、数時間前には確かにあったはずの凹みがすっかりなくなっている。

往路に見た事故車は一体、何だったのか、未だにわからないそうだ。

新潟のダンプカー

旅行代理店勤務の男性Tさんが昔、体験した話である。彼は仕事の都合で日が暮れてからタクシーに乗って、新潟県の山奥にある温泉旅館へ向かっていた。対向二車線の舗装道路で、前には大型のダンプカーが排気ガスを撒き散らしながら走っていた。峠を上ってゆくと、平坦な川沿いに出る。そこで道が二股に分かれていた。

ダンプカーが速度を落として右折する。タクシーは左手の道路を直進した。

「あんな道、あったっけ？」

初老の男性運転手がぼそりと呟いた。

それに釣られてTさんが目で追うと、ダンプカーが橋を渡ってゆく。川の対岸に、この道と平行して続く道があるらしい。短いトンネルがあって、ダンプカーはそこに入っていった。トンネルの出口に外灯が一本立っていて、道の続きを照らしている。

ところが、ダンプカーはトンネルから出てこなかった。

「あれ？　さっきのダンプ、どこへ行ったんでしょうね？」

Tさんは気になって、運転手に話しかけてみた。

運転手も唸って小首を傾げている。

「変ですよね……。大体、あんな所に川を渡る道はなかったはずなんですよ」

温泉旅館には無事に到着した。

翌日の帰路もタクシーに乗ると、運転手は別の中年男性であった。また同じ道路を走るので、昨晩のできごとを思い出して語ってみたところ、

「私はこの近くの村の出ですが、そんな道やトンネルは見たことがないですねえ」

と、首を傾げている。

今度は昼間で視界も良いことから、Tさんは注意深く川沿いの道路を見ていったが、昨晩通った辺りに二股になった場所はなく、川向こうに続く道やトンネルもなかった。

ブラックピラミッド

二十代の男性O田さんは、父親が経営する近畿地方の建具屋で働いている。ある冬、奈良県の山間部から複数の仕事が入った。彼は両親と三人でワゴン車に乗って、現場へ向かった。

その辺りは山々が連なっている。依頼された住宅に到着したのは正午頃で、午後二時には作業と後片付けが終わった。近くにもう一ヶ所、依頼された現場がある。街道から外れて山奥へ続く細い一本道に入ると、道沿いに点在する家々は廃屋ばかりで、既に崩壊しているものもあった。現場はこの道の先にあるはずだったが、

「こんな所に住んでる人、おるんやろか？」

車を運転する父親の言葉に、助手席のO田さんと後部座席に座った母親は首を傾げるしかなかった。三人とも初めて訪れた地域なのである。そのまま車を進めると、ナビゲーションシステムがぐるぐると回り始めて、

『右方向です。左方向です。右方向です』

と、続けざまに指示してきた。

「ナビ、壊れたんかな？」

Ｏ田さんがそう言った直後、一本道を直進していた車が見覚えのある場所に出た。

「お父ちゃん、ここ、さっきも通らなかった？」

道沿いに崩れた廃屋と竹林があり、赤いトタン屋根に見覚えがある。さらに車を走らせると、また崩れた廃屋が見えてきた。柱が折れたか倒れたかして、赤い屋根が地面近くまで落ちてしまっている。よく似た廃屋があるのかと、父親が車を停めてみたが、崩れ具合といい、隣に竹林がある景色といい、先程と同じものとしか思えない。父親が車をＵターンさせた。

かなり引き返してみたものの、同じ廃屋の前を五、六度も通った上、なかなか街道まで戻ることもできなかったので、

「おかしいなぁ。こっちじゃないのかなぁ」

父親は再び車をＵターンさせ、一本道を走り出した。だいぶ先まで進んだが、同じ景色が何度も現れるばかりで、目的の家は見えてこない。その度にＵターンして一本道を引き返す。三往復もして、三十分が経ってしまった。もう一度Ｕターンをしたとき、Ｏ田さんたちは右手に枝道を発見した。

「おっ、こんな所に道がある。こっち行ってみよう」

父親が車の速度を落とし、右折しようとハンドルを切り始める。これまでに三往復もしながら、三人ともその道の存在には気づかずにいたという。枝道でありながら、本道よりも幅があって、車二台が擦れ違えるほどの舗装道路であった。その奥に新興住宅団地があるらしく、民家が建ち並んでいる。山奥だというのに、マンションなのか、五階建てくらいのビルまで見えた。

道の両脇にはクヌギの大木が並木となって続いている。冬のことなので、本来ならば落葉広葉樹であるクヌギは丸坊主になっているはずであった。実際に周りの雑木林はすっかり葉を落としている。だが、そのクヌギ並木だけは青々とした葉に覆われていたので、O田さんはふと嫌な予感がした。咄嗟に、父親が握るハンドルを手で押さえながら叫んだ。

「そっち行ったらあかん！」

「何言ってんねん。家見えてるから、まちがいないってな」

「行ったら二度と戻れへんよ！」

理由はわからないが、そんな気がしたそうだ。父親は右折する途中でやむなく車を停めた。立ち往生した車内で、O田さんと父親はしばらく言い争いをした。母親はどちらに加勢するわけにもいかず、おろおろしている。

そのとき、O田さんは近くに生えているクヌギの向こうにもう一本、右折する細い枝道があることに気づいた。目で追ってみると、奥に一軒分の敷地がある。落葉して貧相になった雑木林の中に、石を積み上げた黒っぽい建築物が見えた。三角形でピラミッドとよく似ている。エジプトにある有名なものと比べれば遥かに小さいが、それでも二階建ての一般的な住宅よりも大きく感じられた。周囲に大勢の人影が立っている。二十人ほどの真っ黒な人影が、木々の間からこちらに向かって手招きをしていた。

（あかん。誘導されとる！）

父親は強引に車を発進させようとしたが、O田さんはサイドブレーキを引いて、

「こっち行って！」

何度も往復してきた一本道のほうを人差し指で示した。

「そっちは、さっき何べんも行って、同じ所を通ってたやん」

「ええからっ！　今やったら戻れるからっ！」

O田さんが猛烈な剣幕で怒鳴ると、根負けした父親は渋い顔をしながら、車をバックさせた。そして一本道を奥へ進むうちに山を下り、麓の街道に出ることができた。街道沿いには民家が建ち並んでいる。来るときに通った記憶がある場所であった。

「あれ？　抜けられた。ナビも治ってるし……」

父親が唖然とした表情で呟く。

山の麓から先程の枝道があったと思われる辺りを見上げると、新興住宅団地はどこにもなかった。黒っぽいピラミッド風の建築物も、青葉をつけたクヌギの並木も、五階建てのビルもあれば目立つはずなのに、見当たらない。「不思議やなぁ」と三人で話していたとき、O田さんは何気なく車の時計に目をやった。そこで新たな異変に気づいたという。

前の現場を出たのは午後二時頃であった。それから三十分は道に迷って、言い争いまでしていたのに、時計は午後一時四十分を示している。時刻が一時間以上もずれていたのだ。車の時計が遅れたのかと思い、腕時計やスマートフォンの時計も確認してみたが、どれも午後一時四十分を示している。

次の依頼先は先程の山から谷を一つ挟んだ別の団地内にあった。今度はその現場まで迷うことなく到着することができた。

ところが、後日。O田さんは友人から、過去に例の山で車の転落事故が起きていたことを知らされた。道を外れて崖下に転落したそうで、乗っていた老夫婦が亡くなっている。

（おそらく、あの枝道に迷い込んだんや。俺らも行けば死んでたかもしれん）

と、O田さんは震え上がった。

それ以来、土地勘のない山の現場へ行くときは、過剰なまでに用心しているという。

夢の中のバス

拙著を愛読して下さっている福岡県在住の女性Dさんが、既に他界した父親のKさんから、昔聞いたという話である。

昭和の終戦直後、Kさんが八歳のときのこと。彼には二つ年上の姉（Dさんにとっては伯母）がいた。秋のある日、姉が道端に落ちていた柿の実を幾つか拾ってきて、Kさんにも分けてくれた。柿の実はどれも熟れ過ぎていた上に、落下の衝撃でぐちゃぐちゃに崩れていたが、当時は食糧難で毎日ひもじい思いをしていたことから、喜んで全部食べた。

ところが、それが原因で二人とも赤痢に感染してしまい、高熱と激しい下痢に苦しめられることになった。当時は近くに入院設備のある病院がなかったことから、二人は同じ座敷に布団を敷いて寝かされていた。近所の医師に往診してもらい、母親（Dさんにとっては祖母）が寝ずに看病してくれたが、Kさんも姉も高熱が続いて昏睡状態に陥った。

そのとき、Kさんはこんな夢を見たという。

なぜか姉とバスに乗っている。そのバスの形が非常に変わっていて、屋根もなければ窓もない、まるでオープンカーのような車なのである。最前に運転手がいて、その後ろから座席が並んでおり、中央に通路があるのでバスとわかるが、灰色の座席はあちこちが擦り切れ、床は真っ黒に汚れて、ひどく古ぼけている。Kさんが座っていたのは、本来なら窓際に当たる座席であった。他にも乗客がいたが、誰もが青白い顔をして黙り込んでいる。車外の景色は見覚えのない山奥で、昼だというのに暗い杉林がどこまでも続いていた。

「姉ちゃん、このバス、どこへ行くん？」

隣席の姉はこちらを向いて、首を傾げた。

バスは急な坂道をかなりの速度で上っていた。舗装されていないでこぼこ道で、バスは何度も激しく揺れる。Kさんはその度に座席から尻が浮くのを感じて、肝を冷やした。

「危ないっ！」

姉が目を見開きながら、Kさんの腕を掴む。姉の手も震えていた。

やがてバスがひと際大きく揺れた。一度跳ね上がって、すぐさま着地したのである。その衝撃により、小さくて軽かったKさんの身体は宙に舞い上がった。

「K！　落ちる！」

姉がまた腕を掴んで押さえようとしたが、Kさんの身体は車外へ飛び出していった。

「Kー!!」

姉が座席から身を乗り出して叫ぶ。バスは猛スピードで走り去ってゆく。Kさんは坂道に転落したはずだが、身体のどこにも痛みはなかった。


そこで目が覚めたのだという。

彼は命が助かったが、姉は目を覚ますことなく、じきに亡くなってしまった。日が経って、体調が快復してから、Kさんは家族の前でこのとき見た夢の内容を語ってみた。すると母親が目を丸くして、こんな話をしてくれたそうだ。

実は姉も亡くなる少し前、高熱に魘《うな》されながら、

「危ないっ！」「K！　落ちる！」

そう叫んでいた。それで母親は姉が目を覚ますのかと思ったが、「Kー‼」と叫んだのが最期の言葉になった。その直後、Kさんは目を覚ましたのだ。

後年、Kさんは娘のDさんに、

「つまり、俺も姉さんも、同じ時間に同じ夢を見とったわけよ。あれは、あの世へ向かうバスだったんやろうな。ばってん、俺は偶然落ちたから助かったんやろう」

と、寂しそうに語ったそうである。

高速ババア、ではない

群馬県在住で二十代の女性T子さんは、女友達三人と長野県北佐久郡軽井沢町へドライブに行った。標高約一〇〇〇メートルあり、避暑地や別荘地として知られる軽井沢町は、長野県の東部にあるため、東隣に位置する群馬県西部からは近いのである。県境の山の中には旧道と呼ばれる国道十八号線、碓氷バイパス、高速道路である上信越自動車道の三本の道路が通っている。

T子さんたちは観光をしたり、土産物を買ったりして楽しみ、夕方になったので帰ることにした。時刻は午後六時頃、夏のことだったので、辺りはまだ明るい。友達が国産車を運転していて、T子さんは左側の助手席に座っていた。碓氷バイパスを通って帰ることになったが、その起点を通過してまもなく、T子さんはふと左手の窓の向こうに動くものの気配を感じた。何気なく、そちらを向くと――。

中年の女が走っていた。紺色のワンピースを着て、髪を引っ詰めにした小太りの女が、身体をこちらに向けて、蟹のように横へ移動している。

「もう来ないでよう……」

車内でエアコンを掛けていたので、車の窓はすべて閉めてあったにも拘らず、女の低い声が確かに聞こえた。

「今の、何？」

友達三人も一斉に声がしたほうを向いたので、全員が女の姿を目撃した。このとき車は時速五十キロ以上で走っていたが、女は横っ飛びで並走していた。しかも足を見ると、裸足であった。

県境の標識が見えてきて、群馬県に入る直前、女の身体が強い力で引っ張られるかのように大きく後ろへ跳んだ。それきり姿が見えなくなったという。

老婆が高速道路やトンネルに出没して車を追いかけてくる〈高速ババア〉や〈ターボババア〉などの都市伝説は多いが、碓氷バイパスは高速道路ではないし、その辺りにトンネルもない。それにT子さんたちが目撃した女は四十代の半ばくらいで、老婆には見えなかった。

「もう来ないでよう……」と言われた理由はさっぱりわからない。とくに軽井沢で悪いことをした覚えはないそうだ。

軽井沢で死のう

二〇〇四年春のこと、群馬県在住の女性Cさんは、家族と長野県の軽井沢町へ日帰りの旅行に出かけた。観光地を何ヶ所か巡って、ある広場で遊んでいる小学生の息子と娘の姿をデジタルカメラで何枚か撮影した。帰宅後、Cさんはデジタルカメラをパソコンに繋ぎ、写真をプリントしたのだが、その中の一枚に異変があることに初めて気づいたという。

子供たちが遊んでいる横に草むらがあり、その中に小さな女が立っている。女の背丈は一緒に写っている子供たちや草の高さと比較して、六十センチくらいか。若草色のロングドレスを着ているように見える。大きく膨らんだスカートに、沢山の襞《ひだ》がついた古風なものだ。パソコンで画像を拡大してみると、女の肌は白く、鼻が高くて髪は金髪、花をつけた帽子を被った欧米人らしい風貌をしていた。

ちなみに、軽井沢は東山道や中山道の宿場町として江戸時代まで栄えたあと、明治時代になって一時廃れたが、カナダ人宣教師ショーが別荘を建てたことを切っ掛けに、欧米人が避暑地として集まるようになり、再び発展した歴史を持つ。

「何だろう、これ？　心霊写真、かしら？」

Cさんは夫に見せたが、夫は少し考えてから、

「そう見えないこともないけど、草の影と太陽の光が人みたいに写ったんじゃないかな」

と、否定した。

その夜、眠っていたCさんは夢を見た。夢の中で彼女は、軽井沢に自宅を所有している。二階建てで白い壁の、大きな洋風住宅だ。

(ほんとに、軽井沢に家を持てたら、どんなに楽しいことだろう)

Cさんは無性に軽井沢へ行きたくなってきた。確かに高原の観光地で景観は素晴らしく、しゃれた店も数多くあって、楽しめる場所には違いない。ただ、これまでは年に一度行くかどうかで、格別な思い入れはなかった。それがどういうわけか、軽井沢の山や町並みと、白い家が出てくる夢を頻繁に見て、現実の世界でも休日の度に軽井沢で過ごすようになった。当初は夫や子供たちも一緒だったが、じきに夫は不満を漏らすようになった。

「大体、土日祭日の軽井沢なんて、道は混んでるし、観光客だらけでくたびれるだけだろう。どうせ出かけるなら、まだ行ったことがない場所へ行かないか。でなきゃ、休みは家でゆっくりしたいんだけど」

子供たちも、

「友達の家でゲームをしたい」

「山よりも海へ行きたい」

などと言い出す。

結局、家族に愛想を尽かされたCさんは、単独で愛車を運転して軽井沢へ出かけるようになった。休日だけでは飽き足りず、平日も仕事が終わってから車を飛ばして行ってしまう。時間の都合で店などに寄ることもなく、黄昏時の風景だけ眺めて帰宅することも多かった。

（ああ、あ……。家族がいなければ、もっと長い時間いられるのに……）

そんなことを考えるようになると、夫や子供たちとも諍いが起きるようになった。

「おまえ、最近変だぞ！　何かにとり憑かれてるみたいじゃないか！」

夫に叱られ、子供たちからも「何で一緒に家にいてくれないの？」と文句を言われたが、夏が訪れても同じ夢を見ては、軽井沢へ通い続けた。

やがて八月、その日も国道十八号バイパスを走って、軽井沢へ向かっていると……。

群馬県から長野県に入った途端、愛車のボンネットに若草色のロングドレスを着た女の姿が、不意に浮かび上がった。身長六十センチくらいで、金髪の欧米人と思しき女である。その女は運転席の前に立って、Cさんのほうをじっと見つめてきた。Cさんは視界を塞がれて狼狽した。目一杯までブレーキを踏み込む。後続車があれば追突されていたことだろう。運良く事故を起こさずに済んだが、急停車した車内でCさんは一瞬にして、全身が汗びっしょりになってしまった。

いつしか欧米人の小さな女の姿は消えていた。あとになって思えば、女は四十がらみに見え、病人のように痩せこけた馬面で、目は吊り上がって鷲鼻が目立ち、美女と呼べる顔立ちではなかったという。

Cさんは嫌な予感がして、引き返そうかと思ったが、せっかくここまで来たのだから、と軽井沢駅付近の中心街まで車を進めた。しかし、どういうわけかそこを通過してしまい、町外れの方角へ向かい始める。

(あたし、何をやっているんだろう?)

自分でもわけがわからないまま、車を走らせると、隣接する御代田町近くの山奥まで来てしまった。谷間を下ってゆくと、橋脚が緑色に塗装された吊り橋が見えてきた。

心霊スポットとして有名な軽井沢大橋である。橋を渡り終えると、路肩に車を停め、降りてふらふらと橋の上を引き返す。眼下には途轍もない深さの谷間が口を開けていた。

(ああ、ここから飛び降りて死んでしまいたい……)

唐突にそんなことを考えてしまう。

ふと、足元に何かが動く気配を感じた。見下ろすと——。

先程の欧米人の女が立って、こちらを見上げている。女は無言だったが、

（ここで死ね、っていうのね……）

Cさんは女に、命じられた、と思った。とても逆らえない気がしてくる。この橋には自殺防止用の金網が上のほうまで設置されているのだが、それを攀じ登ろうと手を掛けた。

そのとき、車のエンジン音が聞こえて、一台のスポーツカーが近づいてきた。

Cさんは我に返って、金網から手を離した。見れば女は姿を消している。

（大変だ！　何をやっていたんだろう！　ここにいてはいけない！）

Cさんは泡を食って車へ駆け戻り、帰路に就いた。

だが、その夜、彼女が自宅で眠っていると、夢の中に軽井沢大橋とあの女が現れた。夢の中では女が金網を登ってゆき、何やら声を発してCさんを導く。それに釣られたCさんも金網を攀じ登り、ついには最上段に張られた有刺鉄線をも乗り越えて、谷底へ落下してしまう――。

そこで悲鳴を上げ、全身汗びっしょりになって目が覚めた。

「大丈夫かよ？　物凄く魘されてたぞ。俺まで目が覚めちまった」

横で寝ていた夫も心配している。

その後、Cさんは同じ夢を何度も見るようになった。おかげで熟睡できない夜が続き、体調も悪くなってきた。風邪を引いたり、腰痛に悩まされたり、車を運転中に居眠りをして事故を起こしそうになったりしたこともある。それでも、

（やっぱり、軽井沢で死にたい……。今度こそ死のう……）

暗い願望が沸々と湧いてくる。そうなると感情が抑えられなくなり、気がつくと軽井沢へ向かって車を走らせている。

欧米人の女は現実の世界にも度々姿を現した。森の入口に無言で立っていて、

「おまえは、ここで首を吊るんだ」

と、指図しているように見えたこともあった。

後日、Cさんは首吊りに使うためのロープを購入し、その森の近くで車から降りたが、何とか自殺を思いとどまったという。

その晩、自宅へ逃げ帰ると、さすがに怖かったので、これまでの経緯をすべて夫に語った。軽井沢通いを始めてから、夫とは喧嘩が絶えなかったが、このときばかりは話を聞いてもらえた。夫はしばらく考えてから、こう提案してきた。

「なあ、あの心霊写真みたいなヤツ、まだ持ってるのか？　持ってるなら、捨てたほうがいいんじゃないか。あの写真が撮れてから、おまえ、急に変になったからなぁ」

そこでCさんは、その夜のうちにプリントした写真を庭で焼き、灰に塩をかけた。さらにデジタルカメラとパソコンに入ったままの画像も削除した。

数日後の九月一日、浅間山が噴火した。標高二五六八メートル、雪を被ると富士山に似た山容となるこの山は、長野県軽井沢町や御代田町と、群馬県嬬恋村との県境に聳《そび》えている。噴火による死傷者は出なかったが、風の影響により、長野県ではなく、群馬県から東にかけての広い地域で降灰が確認された。そのことをテレビのニュースで知ったCさんは、急に気持ちが吹っ切れた気がしたという。

写真を捨てたことが功を奏したのか、あるいは噴火が転機となったのか、原因は定かでないが、それ以来、Cさんは軽井沢通いをやめることができた。そして軽井沢が出てくる悪夢を見ることも、〈そこで死にたい〉という自殺願望もなくなったそうである。

血戦、関ケ原

「高崎怪談会」の常連客である五十代の男性Sさんは、かつて長距離トラックの運転手を生業《なりわい》にしていた。一時は群馬県から広島県福山市まで荷物を運んでいたという。そして山口県在住だった現在の妻Zさんと知り合い、遠距離恋愛が始まった。その頃は電話で話すことが多かったそうだ。とくにトラックでの移動中は孤独なので、携帯電話をスピーカーフォンにしてZさんと話すのが楽しかった。ある夜、いつものように西へ向かって走っていたときのこと。岐阜県不破郡関ケ原町付近でZさんと電話で話していたところ、

「トラックに、誰か一緒にいるの?」

と、訊かれた。同乗者はいない。

「さっきから、Sさんに誰かが話しかけてるみたいなんだけど。何を言ってるのかわからないけど、男の人の声がしてる」

「ラジオは聴いてるよ。でも、今は音楽が流れてるだけだよ。歌なしの静かな曲が」

それに、車内で携帯電話を使った場合、ラジオの音声は意外と入らないものなのだ。

「いや、人の声よ。男の人が何人もいて、大声で喋ってるみたいな……」

「おいおい、こんなときに気持ちの悪いことを言うなよ」

そう言い終えた途端、Sさんは無性に眠くなってきた。つい先程まではまったく眠気を感じていなかったのだ。その上、頭が痛くなってきた。

「あ、これまずいな。休まないと駄目だ」

「えっ。今、どこにいるの？」

「関ケ原インターの、近くの裏道……」

Zさんが沈黙する。一方、Sさんは何とか眠気に耐えながら、トラックを一時停められそうな場所を探していた。と、そのとき——。

丸顔で大きな目に力を漲らせた戦国武将が鎧を着て佇む姿が、勃然と脳裏に浮かんだ。不思議なことに眠気と頭痛が治まってくる。おかげで休憩できる場所まで無事にトラックを走らせることができた。その後は難なく広島県まで進めたという。

このときは荷物を届けたあと、群馬県へ蜻蛉返りをしなければならなかったので、Zさんとは会えなかった。帰路も関ケ原町の付近まで来たとき、Sさんは激しい頭痛と眠気に襲われた。だが、そこを通過すると、どちらも治まってしまった。帰宅後、Zさんに電話で無事を伝えたところ、

「ああ、良かった。仕事中だから言わなかったんだけどね……」

Zさんは電話にSさん以外の声が入るようになったときから、〈関ケ原〉の三文字と、さんばら髪で血まみれになった武者の姿や、剣と剣が打ち合う金属音などが脳裏に浮かぶようになり、嫌な予感がしていた。おまけに場所を訊いたら当たっていたので、絶句したそうだ。関ケ原町といえば、安土桃山時代の末期に徳川家康率いる東軍と石田三成率いる西軍が天下分け目の血戦を展開し、東軍が勝利した古戦場があることで、あまりにも有名である。（一般に関ヶ原と表記されることが多いが、自治体の正式名称は関ケ原）

その後もSさんは、伊吹山の麓に当たる関ケ原町内の裏道を走っていると、決まって眠気や頭痛に襲われ、危険な状態に陥るので、

（俺、祟られてんのかな？）

不安に思うようになった。S家に伝わる伝承によると、彼の遠い先祖は源某とされている。徳川家康も源氏の新田義季《にったよしすえ》を始祖としている（異説あり）ことから、破れた西軍の死霊たちが怨んで事故を起こさせようとしているのではないか、と考えたという。

しかし、Sさんが事故を起こすことはなかった。現在、彼は家族と一緒に過ごす時間を増やしたいと思い、トラックの運転手を引退して別の仕事に就いている。

（俺と、俺の家族は、家康さんが守って下さってているのだ）

と、今も信じているそうだ。

国道四号線の犬

これもSさんから伺った話である。彼は私と同じく怪異に関しては〈否定派寄りの中立派〉のようで、

「ほとんどが、疲れていたときに見えた幻覚や目の錯覚だと思うんですよ」

と、言うのだが、何度か幻覚や錯覚とは思えない現象に遭遇したことがあるそうだ。

Sさんが以前、長距離トラックの運転手を生業にしていたことは既に書いた。群馬県内の会社で荷物を積み込み、夜更けに出発して、朝には遠く離れた地方の目的地まで到着しなければならない。その頃、彼の主な行き先は宮城県仙台市であった。国道一二二号線で東北の方角へ向かい、深夜のうちに栃木県日光市に入り、裏道などを経由して、国道四号線を目指す。国道四号線のバイパスに入ると道路が四車線になり、信号の数も減る。

今のトラックにはスピードリミッターがついていて、時速九十キロくらいまでしか出せないが、当時は一四〇キロまで出すことが可能であった。長い直線では常に一〇〇キロを優に超える速度で走っていたという。

「そこまでやらないと、時間内に仙台まで行けないから、仕方がなかったんです。でも、

今はやっちゃいけないし、やりたくもない、危険な走り方でしたよ」

と、Sさんは日に焼けた逞しい顔に苦笑いを浮かべる。

ある夜、予定通りに国道四号線に入ったSさんは、福島県内まで進むと、コンビニの広い駐車場にトラックを停めた。ここから先は休憩できる場所が少ない。コンビニでトイレを借り、飲み物を買ってトラックに戻ると……。

近くで犬が吠えている。吠え声が聞こえるだけで、どこにいるのか、その姿は見えない。Sさんは運転席からサイドミラーを覗いたが、後方にも犬の姿はなかった。

（近くの家で飼われてる犬か……）

彼は気にすることなく、トラックを発進させた。

ところが、走り出してからも犬の吠え声がついてくる。大型犬を思わせる、野太い声だ。しかも途切れることなく、激しく吠え続けている。左手の車外から聞こえてくるようで、このトラックを追いかけてきているらしい。

（うるせえ犬だなぁ。俺、追いかけられるようなことなんかしたかなぁ？）

Sさんは左のサイドミラーを覗いたが、犬の姿は確認できなかった。相手にしないことにして、トラックを飛ばす。運転に集中して速度を上げていった。吠え声はしばらく追いかけてきたが、いつしか聞こえなくなった。

しかし、某バイパスに入ってから、再び犬の吠え声が聞こえてきた。今度は車外の右横からだ。やはり野太い声である。気が狂ったように猛烈な勢いで吠え立てていた。この辺りは交差する道路が国道四号線の上か下を通っている場所が多く、信号が少ない。Sさんが速度メーターをちらりと見ると、最高時速の一四〇キロに達していた。吠え声はそこから福島市までの約二十キロの区間、途切れることなく続いたという。

「おかしなことなんですけど、そのときは運転に集中していたせいか、またうるさい犬が来やがったな、としか思わなかったんです」

福島市まで来ると、犬の吠え声は聞こえなくなった。そこで初めて、

（あれ？　ずっと一〇〇キロ以上で走っていたのに、ついてこられる犬なんているか？）

と、異常に気づいた。

（いるわけねえよな……）

ましてや窓ガラスは閉め切っていて、外で犬が吠えていても聞こえ難い状況にあった。なぜ吠え声がはっきりと、約二十キロにもわたって聞こえ続けたのか、Sさんは不思議に思った。ちなみに国道四号線といえば、〈国道死号線〉と呼ばれるほど死亡事故が多いことで知られているが、犬を轢き殺したことや、事故に遭った犬を目撃したことになたかったという。

黒犬の首

栃木県足利市在住の若い女性Eさんは、毎日電車で東京都内にある大学へ通学している。その朝、電車に乗ると座ることができたので、少し寝ておこうと目を閉じた。その瞬間、鮮烈な映像が脳裏に浮かび上がったという。

同じ大学の同級生H子の姿が見える。彼女は白いコートを着て、どんよりと曇った空の下に立っている。その背後の空中に、犬の首が浮かんでいた。鬣《たてがみ》のような長い毛を垂らした、大きな黒い犬の頭部だ。それはH子の右肩に飛び乗って噛みついた。

「わあっ！」

Eさんは思わず叫びながら目を開けた。おかげで周りの乗客から失笑され、恥ずかしい思いをしたが、まだ眠っていなかったので、夢ではない、と確信できたそうである。

大学へ行くと、休み時間にH子と会った。気になっていたので、

「ねえ。右の肩、痛くない？」

「……どうしてわかるの？」

Eさんは電車の中で脳裏に浮かんだ光景を説明してみた。

「そんなことが……」

H子は目を丸くして一度黙り込んだが、やがてこんな話をした。

実は、少し前から右肩に青痣ができていることに気がついた。何かにぶつけた記憶はなく、生まれつきある蒙古斑《もうこはん》でもない。痛みはないが、なかなか治らず、範囲が広がりつつあるので悩んでいるそうだ。

「でも、学校では誰にも話してないから、本当に驚いたわよ」

その後、痣が右肩全体に広がって、胸や背の上部まで達したので心配になり、病院へ行ったが、原因はわからなかった。H子は家で犬を飼ったことがないし、よその犬をいじめたこともないという。

一方、Eさんは初めてこのような体験をした上、どうすることもできないので、困惑している。今もH子の症状は治まらず、痣の範囲は少しずつ広がり続けているらしい。

センターの犬

数十年前、神奈川県出身の男性Bさんは高校で硬式野球部に所属し、甲子園出場を目指していた。一年生からレギュラーに選ばれ、俊足で強肩の外野手として活躍していた。

地元の河川敷に練習用のグラウンドがあった。二年生の春、そこで試合を模した練習をしていたときのこと。Bさんがセンターの守備に就いていると、高く上がった打球が左中間《さちゅうかん》（レフトとセンターの間）に飛んできた。抜ければ長打になりそうな当たりだったが、彼はボールを全力疾走で追いかけ、転倒しながらも見事に捕球し、センターフライでアウトにした。

（やったぜ！）

彼が立ち上がろうとしたとき、突然、大きな獣が現れた。それは宙を舞うように跳躍して、彼の頭上を飛び越えていった。

（何だ⁉）

驚いて立ち上がると、近くに灰色と白の斑犬《ぶちいぬ》がいた。体高が七十センチはありそうな、がっちりとした体躯《たいく》の大型犬で、シベリアンハスキーに似ているが、両耳が垂れているので雑種らしい。首輪は嵌めていなかった。口を開けて桃色の舌を出しており、ハッ、ハッ、ハッ、ハッ……という荒い息遣いも聞こえてきた。

（うわっ、まずい！）

Bさんは野犬がグラウンドに侵入してきたのかと思って狼狽した。犬が苦手なわけではないが、見知らぬ犬は襲ってくる可能性があるので怖い。ましてや大型犬ともなれば尚更《なおさら》である。だが、その犬はこちらを見ていたが、Bさんに襲いかかってくることはなかった。

そして次の瞬間、地面に吸い込まれるように、その姿を消してしまったのである。

「何をぼけっとしてるんだ！」

レフトを守っていた三年生に怒鳴られた。

「いえ、今、そこに犬がいて……」

と、説明したが、「犬なんか、どこにもいねえじゃんか！」と叱られた。その場にいた他の野球部員たちには、犬の姿が見えていなかったらしい。

（一体、何だったんだ、今のは？）

練習が終わってから、仲が良い同級生の野球部員に先程の犬のことを話すと、

「川の近くだからな。犬の死体でも流れ着いて、その幽霊が出たんじゃないか」

そんなことを言われて気味が悪くなった。

しかし、野球漬けの暮らしの中で、それきりBさんはこの一件を忘れかけていたそうだ。その後、他の高校との練習試合に、彼は二番センターで出場した。場所は地元から離れた野球場である。三回裏の守備に就いていると、耳元で犬の吠え声が聞こえてきた。

（えっ。また犬が……？）

四方を見回したが、犬の姿はなかった。そこへ相手チームの打者が放ったフライが右中間《うちゅうかん》（ライトとセンターの間）へ飛んできた。Bさんは慌てて打球を追い始めたが、まだ耳元で犬の吠え声が響き続けている。このとき、ライトを守っていた同級生が「オーライ！」と大声を出して、〈俺が捕る〉と告げていた。けれども、Bさんは犬の吠え声に遮られて同級生の大声が耳に入らなかった。彼は同級生と真正面から激突し、膝を打撲した。不思議と相手は軽い打撲で済んだのに、Bさんは激痛に襲われて、なかなか立ち上がれなかった。骨折はしていなかったが、膝の周りが腫れ上がって、一週間は練習を休まなければならなかったという。

その負傷が快復してから練習に励んでいたところ、急にハッ、ハッ、ハッ、ハッ……という荒々しい息遣いの音が近くから聞こえてきた。彼自身の息遣いではない。その直後、唐突に胸が痛くなって、地面に座り込んでしまった。咳が出て呼吸が思うようにできず、救急車で病院へ運ばれることになった。医師の診察を受けると、肺の気胸という病気であることが判明した。このときは短期間、安静にしていただけで快復できたそうだ。

やがて公式戦に出場したのだが、その試合で彼が打席に入り、相手チームの投手がボールを投げようと振り被ったとき、今度は犬か狼の遠吠えが間近から聞こえてきた。

(んっ?)

Bさんが遠吠えの声に気を取られたところへ、投げ損なった速球が迫ってきた。慌ててよけようとしたが、間に合わなかった。デッドボールが顔面の、それも鼻と口を直撃したから堪らない。彼はその場に倒れて起き上がれなくなり、担架で運ばれて病院に入院する羽目になった。前歯が二本折れていたという。チームも試合に敗れてしまった。

「幾ら何でも、ここまで続くのはおかしいわよね」

病院に駆けつけた母親が騒ぎ始めた。Bさんの傷が癒えてから、両親は知り合いを通じて女性の祈祷師を紹介してもらい、家に連れてきた。御祓いを受けると効果があったのか、Bさんはその後、試合中や練習中に犬の吠え声や息遣いが近くから聞こえることはなくなり、怪我や病気もしなくなった。祈祷師からは「犬の霊にとり憑かれていたが、もういなくなったので大丈夫」と言われたという。

Bさんは子供の頃から犬をいじめたことなどなく、犬と深く関わったことさえなかったので、なぜとり憑かれたのか、理由がわからなかったそうである。

ミカン

群馬県で居酒屋を経営している男性Oさんは、雌の柴犬を飼っていた。元々は店の常連客が飼っていた犬だったが、その客が重い病気に罹って世話をすることができなくなり、相談を受けたので不憫に思って引き取ったのだという。既に三歳で、〈ミカン〉と名づけられていた。子犬のときからなぜか蜜柑《みかん》を与えると喜んで食べるので、その名になったそうだ。

店の前に犬小屋を置き、縄で繋いで飼っていた。夜は近くにある自宅へ連れて帰り、玄関に寝床を作ってやると、おとなしく寝ている。初めは前の飼い主のことが恋しいのか、元気がないように見えたが、毎夜閉店後、散歩に連れ出すうちにすっかりOさんに懐いた。

ミカンは元々、温厚で人懐こい性格だったようで、次第に従業員や客からもかわいがられるようになった。それまでOさんの店は、あまり人気がなかったのだが、ミカンに会いたいという客が増え、店は以前よりも繁盛するようになった。

こうして店の〈マスコット犬〉となったミカンは長年にわたって、皆から愛されていた。だが、犬の寿命は長くない。十四歳の晩秋にミカンは老衰で死んだ。遺体は火葬され、犬小屋は店先から片付けられた。Oさんのみならず、従業員や常連客は誰もがその死を悼み、寂しがった。

それ以来、Oさんや従業員が店で働いていると、犬の気配がするようになった。散歩から帰ってきたときの、ハッ、ハッ、ハッ、ハッ……という荒い息遣いや、興味を示したものに鼻を近づけ、ススス、スン、スン……と匂いを嗅いだあと、フッ！　と吸った空気を一気に鼻から噴き出す音が聞こえることがある。

「おかしいな。まだミカンがいるような気がするな」

そこでOさんは、ミカンが大好きだった蜜柑を犬小屋があった場所に供えてやった。やがて年末の忘年会シーズンに入って忙しかったので、しばらくそのままにしていた。

年が明けてから、Oさんは店先の地面に放置していた蜜柑に気づいた。それは鴉などの野鳥に食われることも、峻烈なからっ風に吹き飛ばされることもなく、同じ場所に残っていた。三週間は経っていただろう。

「いけねえ。忙しくて忘れてた。どうせ腐ってるだんべえ」

しかし、蜜柑は色が変わっておらず、腐っているようには見えなかった。Oさんはもうしばらくの間、亡き愛犬のために供えておいてやることにした。

それからさらに日が経って、二月になった。繁忙期が過ぎて暇になったOさんは、相変わらず蜜柑がそのままになっているのを見て、学生アルバイトのF君を呼んだ。

「店の前にある蜜柑、片付けておいてくれ。いいかげんにもう腐ってるだろうから」

　F君は蜜柑を回収しに行ったが、慌てて戻ってきた。

「店長！　これ、まだ腐ってないみたいですよ！」

　確かに見たところ、皮は瑞々しいオレンジ色のままである。

「だけど、ハア《もう》いいだろう。ぶちゃっといてくれ《捨てておいてくれ》」

「いや……それが、どうも変なんですよ」

　F君が蜜柑をこちらに差し出す。何だよ、とOさんは不可解に思いながら受け取って、

「あれ、ばかに軽いな。蜜柑のミイラか？」

　初めは中の果実が干涸《ひから》びたのかと思ったそうだ。けれども、それにしては皮がまったく萎びていない。触ってみると柔らかかった。そしてどこにも傷はなく、本来の丸い形状を保っている。中身がどうなっているのか、気になって皮を剥いてみたところ……。

　蜜柑の中身だけが、綺麗になくなっていた。

　いつまでも腐らずにいたのは中身がなかったためだろうが、それなら皮が萎びているはずである。皮を剥くまで形状が崩れず、膨らんでいたことも不思議だ。また、何者がどうやって中身を取り出したのかも、さっぱりわからない。

「ミカンが来て、食べたんでしょうか？」

「そうかなぁ？　……まあ、そういうことかもしれねえな。他に考えられねえもんなぁ」

Oさんと F君は、その後も犬の気配を感じたとき、同じ場所に蜜柑を供えてやった。すると、中身だけがなくなっていることが何度かあった。

だが、四月を過ぎた頃から犬の気配がしなくなり、蜜柑を供えてもこの現象は起きなくなった。

それでも、店は変わることなく繁盛しているという。

川沿いの家に来たモノ

群馬県東部で生まれ育った三十代の女性Uさんが、小学生の頃に体験したできごとである。彼女の実家は栃木県との県境に近い渡良瀬川沿いの町にあり、当時は両親や祖父母と一緒に暮らしていた。のどかな田舎町で、近所は全員顔見知りとあって、昼間は戸や窓に鍵を掛ける習慣がなかった。ただし、些《いささ》か困ったことが起きていたという。

同じ町にシュウと呼ばれる四十代の男性が住んでいたが、知的障害者で盗癖があり、よその家に入り込んでは物を盗む。とはいえ、金目の物には一切手をつけず、仏壇に供えてある饅頭などを盗むことが多かった。

Uさんの家は門がなくて、塀に囲まれた庭の奥に二階建ての住居がある。裏庭に面した勝手口の横の軒下には、いつも祖父が瓶ビールをケースごと置いていた。そのビールが一本だけなくなったことがあったが、翌日には空の瓶が勝手口の前に返されていたそうだ。

「ははあ、またシュウの仕業だな」

と、祖父は苦笑していた。

盗みは困るが、シュウの家とは代々の付き合いがある上、弁償させようにも人の話をまともに理解できない相手ときている。大した物が盗まれていなかったこともあって、町の人々は警察沙汰にせず、大目に見てやっていたという。

さて、Uさんの家は畑を所有していて、祖母が農作物を作っていた。収穫したばかりの土がついた野菜や芋などは、ビールと同じく軒下に置いておくことが多かった。シュウの他には盗む者などいなかったからである。

Uさんが小学二年生の夏、午後七時頃のこと。家族そろって食事をしていると、外から物音が聞こえてきた。勝手口のほうからだ。野菜かビールをいじっているらしい。

「またシュウが来たんかね」

母親が腰を上げた。家の物を勝手にいじられるのは嫌なので、おかずの残り物でも与えてさっさと帰ってもらおう、と考えたのだ。この晩は暑かったので、家中の窓や戸を開け放ち、網戸だけを閉めていた。ところが、勝手口の網戸を開けた母親が、

「あっ……」

その場に棒立ちになった。

「どうしたん？」

母親の様子がおかしかったので、Uさんも勝手口に近づき、外を見たところ——。

シュウではなく、驚くほど大きな犬がいた。横を向き、小松菜を口に咥えている。

夏の夕空はまだ明るく、それに加えて屋内から漏れる灯りが、犬の姿を映え上がらせていた。長めの白い体毛に覆われた痩身《そうしん》で、その顔には犬ならではの長く突き出た吻《ふん》がなかった。

Uさんたちの気配に気づいたのか、犬がほっそりした白い顔をこちらに向ける。

（誰⁉）

と、Uさんは思った。まさに人間の女の顔をしていたからだ。

その顔には眉毛があり、驚いたのか、丸い目を大きく見開いて、咥えていた小松菜を落とした。高い鼻や小さな口も人間のものと変わらない。頭だけに毛髪らしき黒い毛が生えており、中央から左右に分かれて、肩まで垂れていた。耳はその毛に隠されている。犬は十秒近くの間、Uさんたちと見つめ合っていたが、急に尻を向けて逃げ出した。

「何だ、あいつはっ⁉」

父親がサンダルを突っ掛けて外へ飛び出す。いつの間にか、家族全員が勝手口の前に集まり、犬の異相を目撃していたのである。父親は好奇心に駆られたようで、自転車に乗って跡を追いかけた。

犬は黒髪を靡《なび》かせつつ、渡良瀬川のほうへ走ってゆく。夏草が茂った堤防を一気に駆け上がった。父親はそこを通らず、少し先にある坂道を上って堤防の上に出たものの、犬は既にいなくなっていた。堤防の上には一本道が続いており、河川敷を見渡すことができたが、どこにもいなかったという。


Uさんの体験談はここまでなのだが、彼女が後年、夫や友達にこの話をすると、

「そりゃあ、ボルゾイだんべ。見まちがえたんじゃねんか」

と、一笑に付されてしまい、誰にも信じてもらえなかった。

だが、昔の田舎町でボルゾイのような珍しい大型犬を飼っている家があれば、誰もが知っていたはずなのに、Uさんも家族も知らなかったし、その後、「同じ犬を見かけた」という話も聞いたことがなかったそうである。

また、父親があの犬を見失った河川敷には、ヤナギやニセアカシアなどの雑木林が広がっていて、この町では昔から飼っていた犬や猫が死ぬと、そこに埋葬していた。現在では問題になりかねないが、当時はまだ〈地元の隠れた常識〉として通用していた。もっとも、大雨によって川の水が氾濫し、遺骨が掘り返されてしまうこともよくあったらしい。それに加えて、渡良瀬川では女性の飛び込み自殺が何件も発生していたことから、

（あの犬は、そういうものが合体した姿だったのかもしれない）

と、Uさんは思ったそうだ。

猫男

埼玉県にある寺の住職夫人、Ｊさんから伺った話である。彼女と住職は庫裏《くり》で三毛猫を飼っており、夜間は猫専用の小部屋で寝かせている。午後十一時頃に猫部屋へ連れてゆくのが日課になっていた。

ある夜のこと、Ｊさんは猫を寝かせたあと、夜更かしをして居間でテレビを見ていた。午前一時頃、ふと動くものの気配を感じて目をやれば、ドアの前で三毛猫が香箱《こうばこ》を作っている。ドアは猫が自由に出入りできるように、いつも少し開けてやっていたのだ。

「あれ、ミーちゃん、お部屋から出てきちゃったの」

Ｊさんは三毛猫に話しかけた。そしてまた猫部屋に戻そうと思い、近づいて抱き上げたときのこと——。

それは別のものに変わっていた。人間の男の生首である。ただし、短めの頭髪や顔面は三毛猫の毛皮に覆われていた。こちらを見上げて、気が狂ったようににたにたと、声を立てずに笑っている。Ｊさんが悲鳴を上げて放り出すと、男の生首は消え去った。

三毛猫は猫部屋で眠っていたが、それから何日か、居間に入ろうとしなかったという。

猫が来た！

二〇一八年より、「高崎怪談会」に会場を貸して下さっている成田山高崎分院光徳寺の住職、Kさんから伺った話をしてみたい。寺の住職といえば、親が僧侶で本人も初めから僧侶という方が多いものだが、Kさんは長いこと会社員として働いてきた経歴を持つ。会社員時代には地元の群馬県高崎市を離れ、福岡県で十年ほど働いていた。

その頃は会社の独身寮に住んでいたという。独身寮は三階建てで、全室に台所と風呂、トイレがついていたものの、四畳半の和室二部屋を社員二人で分けて住む決まりになっていた。また、二階と三階の各室には、それぞれ金属製の階段が設置されていた。

元来、怪談が大好きだというKさんは、福岡県の有名な心霊スポットである犬鳴峠や冷水峠の首なし地蔵などによく出かけていた。やがて寝覚めに身体が動かせなくなる現象が頻繁に起きるようになった。いわゆる金縛りだが、それ以外は何も起きないので、怖くはなかった。「ま、いっか」と気にしていなかったそうである。

夏の日曜日のこと。独身寮の二階にある自室にいたKさんは、午後になると急に眠くなってきた。昔のことで、部屋にはエアコンが設置されていない。彼の部屋の前には廊下を挟

んで正面に玄関がある。扇風機を回していたが、暑くて汗が噴き出してくるので、

(ええい。どうせ盗《と》られる物もない身だ。かまうもんかい)

と、玄関のドアを開け放って昼寝を始めた。同居している会社の後輩は、彼女とのデートに出かけていて留守であった。

小一時間が経過した午後二時過ぎ、Kさんはふと目を覚ました。起き上がろうとしたが、身体がまったく動かない。瞼さえ開けることができなかった。

(おっ、また金縛りか)

慣れているから冷静なものだ。外から車が走る音が聞こえてくる。そして、
タン、タン、タン……。タン、タン、タン、タン……。

階段を駆け上がってくるものの足音がする。小さな軽い足音で、人間のものではない。

にゃあああ！

(あ、猫が来たな！)

にゃあお！　猫の声が近づき、そのまま玄関に入ってきたらしい。Kさんは無類の動物好きでもあるので、

(おや、自分から入ってきたのか。人懐っこい猫だな。どれ、遊んでやろうか)

瞼を開けようとしたが、どうしても開けることができない。

ぐるぐるぐるぐる……。ぐるぐるぐるぐる……。にゃああ！

喉を鳴らしているので、親猫が子猫をあやしているのかもしれない。そのうちに鳴き声が玄関の上がり框から廊下まで入ってきた。Ｋさんがいる部屋に近づいてくる。

にゃあお！　にゃあお！　にゃああお！　にゃああお！

（おや、声からすると、二匹じゃないな。母猫が子猫を探しているのか？）

視界が真っ暗で何も見えないので、鳴き声から想像を働かせていると、出し抜けに鳴き声が一段と大きくなった。おまけに、それがＫさんの頭の中まで侵入してきた。

おぎゃあ！　おぎゃあ！　おぎゃあ！

泣き方も変化していた。

おんぎゃあ！　おんぎゃあ！　おんぎゃあ！　おんぎゃあ！　おんぎゃあ！

人間の赤ん坊の泣き声であった。その声がＫさんの頭の中を通過してゆく。救急車か消防車のサイレンの音が迫ってきて、通り過ぎたときのように――。こんな感覚を味わうのは初めてだったので、Ｋさんは衝撃を受けて冷や汗をかいた。だが、それが良かったのか、ようやく目を開けて上体を起こすことができた。赤ん坊の泣き声はまだ聞こえていたが、後輩の部屋のほうへ遠ざかってゆき、じきに聞こえなくなった。

念のために後輩の部屋を覗いてみると、何もいなかったそうである。

北の夜道

三十代の男性Gさんは、かつて北海道の某大学に通学していた。キャンパスは丘の上にあり、周りは森と畑しかない環境である。Gさんは大学から八キロほど離れた学生寮に下宿していた。バスに乗れば十分で行けるが、午後六時半が最終便となっている。その時間を過ぎてから帰宅する場合は歩いて帰るか、自転車を利用するか、大学に徹夜するかの、いずれかであった。

それが不便なのと、のちほど述べる事情から、Gさんは中古の軽自動車を買った。同じ寮にH君という男子学生が住んでいて、学科は違ったものの、馬が合ってよく一緒に遊んでいた。H君は車も自転車も所有していなかった。

初夏の晩、Gさんは暇だったので、H君と部屋で酒でも飲もうかと思ったが、彼はまだ帰宅していなかった。携帯電話にメールを送ってみると、午後八時頃に返事が届いた。

『今日は卒論のための実験で忙しいので、夜の九時半頃まで学校にいる予定なんだ』

『じゃあ、車で迎えに行くよ』

Gさんは、午後九時半までに大学へ到着できるように寮を出た。だが、大学よりも三キ

ロ余り手前の一本道で、向こうから歩いてくるH君を見つけた。車の助手席に乗せると、

「実験が思っていたよりも早く片付いたんだ。少し歩いて、途中で拾ってもらったほうが早いかと思ってさ」

H君は事情を説明し、礼を言ったが、

「実は、ついさっき、怖いことがあってね……」

と、眉を曇らせながら語り出した。

大学のキャンパスを出てからすぐに、
にゃあん……。にゃあああん……。

にゃあん……。にゃああああん……。

猫の鳴き声が背後から聞こえてきた。その声がずっとついてくる。H君は夜間に徒歩で帰宅できるように、小型の懐中電灯を常に持参していた。気になって足を止め、振り返って背後を照らしてみたが、声はやんで、猫の姿もなかった。道路の両側には森や畑が広がっているばかりである。近くに民家は一軒もないので、飼い猫がいるとは思えない。

それに、この辺りにはキタキツネが数多く生息している。野良猫がいても、たちまち食い殺されてしまうことだろう。

H君は歩き出したが、十メートルほど進むと、また猫の鳴き声が背後から聞こえてきた。声が近い。この道路上にいる——足を止めて振り返ると、鳴き声はやんだ。夜道に灯りを向けて目を凝らしたものの、何もいなかった。

(おかしいな。どこに隠れたんだ?)

道路沿いの森の中にも灯りを向けてみたが、やはり猫はいない。それでいて、H君が歩き出すと、また鳴き声が間近から聞こえてくる。同じことを何度も繰り返すうちに、市営の火葬場が近づいてきた。

火葬場へ向かう枝道の前を通り過ぎた途端、猫の鳴き声は聞こえなくなった。

(どういうことだよ? 気味が悪いな……)

そこへ、Gさんの車が到着したという。

現在三十代になったGさんは、このできごとを思い出してふと、訝しく感じたことがある。あの火葬場は、専《もっぱ》ら人間を荼毘に付す施設であった。犬猫などのペットが火葬される場所ではなかったのだ。

(H君が聞いた鳴き声って、本当に猫の声だったのかな?)

違うものだとしたら、一体何だったのか、気になって仕方がないそうだ。

蝦夷地の蝙蝠

　Gさんは大学生だった頃、北海道で蝙蝠《こうもり》の研究に励んでいた。野外調査を中心に行うため、移動用に中古の軽自動車を購入していた。九月下旬、彼は研究チームの教授から、こう命じられた。

「K神社へ行って、赤外線カメラで蝙蝠の写真を撮ってきなさい」

　北海道には十九種の蝙蝠が生息しており、K神社にはカグヤコウモリと呼ばれる種が七月から繁殖のために集まっているという。Gさんはまだそこに行ったことがなかった。事前に教授から聞いた話だと、町外れの丘にある神社で、斜面の下に新築された社《やしろ》があり、斜面の上にも老朽化が進んで取り壊しを待つばかりとなった古い社が残されている。蝙蝠たちが棲《す》み処《か》にしているのは、古い社の屋根裏らしい。

　午後三時頃、Gさんは車で現場に到着した。夜行性の蝙蝠は午後四時過ぎにならないと活動しない。暇なので社の近くに駐めた車の中で仮眠していると、目が覚めたときに身体が動かなかった。この現象は科学的に解明されており、脳が目覚めても身体だ眠っている状態のときに起こるものとされている。Gさんもそれは知っていたし、剣術を学んでいた彼は、心を静めて気力を集中することにより、自力で破る術を身に着けていた。

だが、このときだけは上手くいかなかった。頑張っても一向に解けないので慌てて、

（御先祖様、助けてぇ！）

と、強く念じると、ようやく身体が動かせるようになった。

しかし、今度は社のほうから何者かに見下ろされているような気がしてきた。濃密な人の気配がこちらに近づいてくる。何かが見えるわけではない。音や匂いもしないが、大勢の顔がこちらを覗き込んでいるような気がして、上半身から脂汗が噴き出してくる。

Gさんは羆除《ひぐまよ》けとして鉈《なた》と木刀を車に積んでいた。巨大な羆が本気で襲ってくれば、剣術を使ってもまず勝ち目はなさそうだが、いざというときは一太刀浴びせてやるつもりで持ち歩いていた。彼はそれらを持って車から降りた。古い社へ上がる石段があって、その向こうに桜の木が生えている。木の下を覗くと、戦没者慰霊碑があった。

（さっきから人の気配がするのは、これだったのかな？）

Gさんは気味悪く思った。日没前とはいえ、周りに民家がない町外れで、壊れかけた廃社殿を前にしている。すぐにでも帰りたくなってきたが、蝙蝠の撮影はしなければならない。我慢して、社の屋根にバットディテクターと呼ばれる超音波探知機を向けた。

蝙蝠は鳴き声とは別に、鼻や口から超音波を発している。それが獲物や敵、障害物など

に当たって跳ね返る様子を瞬時に聞き分け、暗闇でも自在に活動することができる。けれども、人間は超音波を聞き取ることができない。バットディテクターは超音波を人間に聞こえる音へと変換する装置なのだ。Gさんはこの装置を使って、チュチュチュ……という蝙蝠たちが発する超音波を聞き、彼らが出入り口にしている屋根と壁の隙間を見つけ出すと、そこを狙ってカメラを構えた。

　ところが、日が暮れてから異変が発生した。バットディテクターが異質の音、人間の声を発するようになったのである。何を喋っているのかは聞き取れないが、大勢の男たちが話し合っているような声が耳に入ってくる。蝙蝠の超音波はまったく聞こえなくなった。四方に懐中電灯の光線を向けてみたものの、辺りに人気はない。

　Gさんが浮き足立っていると、車のライトとエンジン音が近づいてきた。同じ研究チームの後輩、J君とQ君が応援に来てくれたのだ。二人は車を降りて近づいてきたが、

「うっ……。G先輩、何て所でやってるんスか！　そこ、大勢いるんですけど！」

　J君が途中で立ち竦んだ。彼は〈見える人〉なのである。

「そんなことを言われても、俺には見えないからね！」

　Gさんが言い終える前に、J君は踵《きびす》を返して車へ逃げ込み、幾ら説得しても二度と出てこなかった。それどころか、「Qのことを頼みます」と車を発進させて逃げ帰ってしまった。

彼の怯え方を見たGさんは余計に怖じ気立ったが、じきにバットディテクターから発せられる人の声がやんだので、何とか辛抱してQ君と深夜まで調査と撮影を続けた。

翌日、Gさんは大学のキャンパスでJ君を捕まえて問い質した。J君は何度も謝った。

「で、一体、何が見えたんだ？　兵隊がいたのかよ？」

「兵隊かどうかは、わからなかったんですがね……」

人の形をした白く光るものが社の壁から出てきたり、社の中に入っていったり、ふらふらと歩き回ったりしていた。顔はのっぺりと何もなく、衣服も着ていないようで、その数、優に三十体はいたそうである。

Gさんたちの研究チームは調査の一環として、蝙蝠を捕獲し、発信器を取りつけて野に放っていた。捕獲は蝙蝠が飛来する林道のカーブに高さ七メートル、幅五メートルから九メートルの霞網《かすみあみ》を張り巡らせて、蝙蝠が掛かるのを待つ(注)。あるいはバットディテクターを使い、捕虫網やタモ網を振り回して夜空を飛ぶ蝙蝠を捕らえる。

ある夜、Gさんは後輩の女子大生M美さんを車の助手席に乗せ、アンテナを使って発信器を取りつけたモモジロコウモリの追跡調査を行っていた。同じ地域《エリア》で教授の車と、他の後輩たちが乗った車も手分けして調査を行っており、Gさんたちは途中で教授と合流することになっていた。この辺りは森と畑が混在していて、民家は非常に少ない。

午前一時頃、教授の車がこちらに走ってくるのが見えた。Gさんは車を停めると、エンジンを切らず、ヘッドライトも点けっ放しのまま、運転席から降りた。五、六メートル離れた場所で教授と立ち話をする。五分ほどして車へ戻った。

すると、M美さんが助手席で震えている。

「い、い、今、こ、こ、怖いことが、あって……」

Gさんが車を降りてまもなく、ドンドンドン！　ドンドンドンドン！　と、屋根を強く連打する音が聞こえてきたという。脅そうとしているかのような叩き方で、M美さんは何事かと思い、車外へ出ようとしたが、身体が動かず、声も出せなかった。

やがて車の屋根を突き抜けて、目の前に大きな黒い手が下りてきた。それは大柄な成人男性の足に匹敵するほどの長さと太さがあり、指が長くて鋭い鉤爪《かぎづめ》が生えている。その五指が広がって、M美さんの太腿を掴むと、彼女の全身に激しい悪寒が走った。屋根を叩く音も続いている。彼女はGさんと教授の姿が近くに見えていながら助けを求めることができず、車内で震えているしかなかった。Gさんが車へ戻ろうとすると、黒い手は消え、屋根を叩く音もやんだ。M美さんの身体も動くようになったそうである。

Gさんは車の屋根を調べたが、穴や凹《へこ》みはなかった。周囲に灯りを向けても、彼らの他に人間や動物の姿はない。彼には車の屋根を叩く音も聞こえなかったという。

M美さんは帰宅してから、急に高熱を発して台所で昏倒し、三日間寝込んだ。


それから一ヶ月後。Gさんたちは某農業高校で調査を行うことになった。その校内には家畜を飼育している〈実習棟〉と呼ばれる古い建物があり、屋根裏に蝙蝠が多数生息している。棟の前で徹夜をして一時間ごとに一回、屋根裏から出てくる蝙蝠の数を数えて記録するのだ。一回当たりの調査時間は十分間で、あとの五十分間はやることがない。

Gさんは同輩の男子学生と、快復したM美さんとの三名で調査をしていた。北海道の田舎なので空気が澄んでいて、星がこの上なく美しく望める。そのため手が空くと、天体観測を楽しんでいた。Gさんは、星々の間を移動する赤い光を見つけて指差した。

「あれは、人工衛星だろうなぁ」

同輩が頷く。M美さんも一緒に夜空を見上げていたが、急にこちらを振り返った。

「先輩たちは、いま人工衛星を見てたんですか？」

「えっ……。他に、何を見てたの？」

M美さんの話によれば、直径一メートルはありそうな黒くて球形に近い、靄《もや》のようなものが左のほうから飛んできて、目の前でぐるりと縦に一回転したかと思うと、飛膜を広げた蝙蝠の形になった。両翼の長さは二メートルを超えて見えたという。それは右のほうへ飛び去ったというのだが、Gさんと同輩には一切見えなかった。

翌日、M美さんは学校で不意に高熱を発して昏倒し、今度は四日間寝込んだ。


M美さんは現地調査も行っていたが、のちに蝙蝠の食性分析を専攻するようになった。蝙蝠は主に蚊や蛾などを食べている。採取してきた蝙蝠の糞を分解して、中にどんな虫の死骸があるのかを顕微鏡で調べるのだ。細かい作業で、夜中までかかることが多い。大学のキャンパスは丘の上にあって、周囲はかなり遠くまで民家が一軒もない環境である。

ところが、午前一時頃に、ドーン！　ドーン！　ドーン！　ドーン！　と、和太鼓の音が狂ったように連打されることがしばしば発生した。他に実験などでキャンパスに残っていた学生たちに訊いても「知らない」「聞いたことがない」と言われる。M美さんはその音を聞くと決まって体調が悪くなり、帰宅後に昏倒して、また何日か寝込んだ。

Gさんは、そんな話をM美さんから直接聞いたそうである。

（注）……霞網は野鳥を呼び寄せて一網打尽にする猟具で、現在は使用が固く禁止されている。この大学では環境省から特別な許可を得て、蝙蝠の調査のみに使用していた。

大鴉《おおがらす》

六十代の女性Yさんが、二〇一八年の夏に体験した話である。その日の夕方、Yさんは群馬県伊勢崎市の自宅から近くのスーパーへ買い物に行こうとした。庭に駐めてある車に乗ろうとすると、フロントガラスの前に鴉《からす》が一羽留まっていた。

「シッ、シッ。あっちへ行きない」

Yさんは声をかけたり、手を振ったりして、追い払おうとした。だが、鴉は微動だにしなかった。

(鴉って大きいんだなぁ！)

Yさんは、地上に舞い降りた鴉を少し離れた場所から目にすることはよくあったので、大きな鳥であることは認識していた。しかし、こうして黒光りした全身を間近で見ると、より強大に感じられる。何だか怖いね、つつかれたら大変だ、と考えた。

空には赤紫色の夕焼けが広がって、日没が近づいている。Yさんはやむなく車に乗り込んだ。ドアをわざと大きな音を立てて閉めてやったが、それでも鴉は飛び立たない。何かを訴えかけるかのように、小さな黒目でじっとYさんを見つめていた。

（変な鴉だねえ。車を動かせばいなくなるかな……）

車のエンジンを掛けてゆっくりと走り出したが、やはり鴉は逃げようとしない。何度かカーブを曲がったときも動かなかった。おかげで視界が悪く、運転し難いこと、この上ない。ここまでは車の交通量が少ない道を走っていたので、何とか運転することができたが、スーパーの近くは交通量が多くなる。このままでは危ない。Yさんは試《こころ》みに、ワイパーを作動させてみた。

その音と動きに驚いたのか、鴉はようやく翼を広げ、夕焼けの大空へ飛び立っていった。スーパーに到着する直前のことだったという。


それから三日後。Yさんの弟から電話がかかってきた。

従兄のAさんが亡くなった、という知らせである。彼は妻を亡くして息子たちはよそに住んでおり、独り暮らしをしていた。自宅で急病による孤独死を遂げたため、発見と連絡が遅れたそうだ。AさんはYさんよりも三つ年上で、Yさんと弟が子供の頃にはよく一緒に遊んでくれた、兄のような存在であった。

さらに詳しい話を聞いてみると、警察の調べによる死亡推定時刻は三日前の午後と考えられているそうで、ちょうどYさんがあの鴉と遭遇した頃だったらしい。

ゴールデンホーク

二〇一七年出版の拙著『怪談標本箱　生霊ノ左』（竹書房）には、沖縄県で長年にわたって続く現象を描いた「遺骨をめぐる年譜」が収録されている。その体験者の一人であり、情報提供者でもある東風平幸一《こちんだこういち》さんの、それからの話をしてみたい。

遺骨の問題は依然として解決していないが、幸一さんは現在、空調設備の工事を請け負う会社を経営している。二〇一六年の年末近くのこと、得意先である某企業の営業所から、空調機械の調子が悪い、との電話があった。行ってみると、大掃除と棚卸しで従業員たちは忙しそうに動き回っていた。幸一さんは修理を手早く済ませ、応対に出た所長と雑談を始めた。ちょうど近くに廃棄することになった備品が並べられている。何気なくそちらに目をやった幸一さんは、大きな額に心を惹かれたという。

その額には、松の木に留まる鷹の姿を刺繍したものが収められていた。沖縄県といえば、八重山諸島の石垣島や西表島などに生息するカンムリワシが有名だが、それは羽毛の背面が青みがかった黒色で、腹側は白く、黒い横帯があり、オオタカのようであった。

ちなみに、タカ目タカ科の鳥は、大きな種を鷲、小さな種を鷹と呼ぶことが多い。ただし、カンムリワシはさほど大きくないが、鷲と呼ばれ、それよりも大型のクマタカは鷹と呼ばれていることから、同じ仲間であり、明確な区別はないものとされている。

「所長、この額いいですね！　処分されるんですか？」

「うん。大きすぎて場所を取るからね」

「それなら、私がいただいてもよろしいでしょうか？」

「ああ。かまわんよ」

忙しそうだったので、幸一さんは額をもらって丁重に御礼を言うと、早めに引き揚げてきた。仕事が終わって自宅へ帰り、トラックに積んできた額を初めはテラスの軒下に飾ってみた。縦約七十センチ、横約九十センチはある額なので、室内に掛けられる場所が思いつかなかったのだ。もう一つ、廃棄物を室内に持ち込むのを奥さんが嫌がる、ということもあった。しかし、額を見た奥さんは珍しく気に入ったらしい。

「それ、家の中に飾ったほうがいいよ」

幸一さんもできればそうしたいと思っていたので、埃を払って室内に運び込んだが、やより掛ける場所が見つからない。取り敢えず寝室の壁に立て掛けておき、ゆっくり考えることにした。

その夜、幸一さんはなかなか寝つけなかった。真夜中に仰向いて目を開けると、電灯はすべて消してあったが、目が暗闇に慣れているので、ぼんやりと天井が見える。その近くを大きな黒い塊が、円を描きながら舞っていた。

（何だろう？）

次の瞬間、黒い塊が金色に光り輝いた。

（鷹だっ！）

黄金のオオタカが翼を広げて旋回している。やがてそれは部屋の隅に立て掛けてあった額の上に舞い降りてくると、姿を消した。

（この額、生きている――）

幸一さんは翌日、玄関の壁の上部に留め具をつけて額を掛けた。家があまり広くないので、不釣り合いなほど大きな額だが、大切に扱うことにしたという。

それまでは幸一さんが蓄膿症に悩まされたり、奥さんが子宮頸癌で手術を受けたりしたこともあったが、二人とも病気に罹らなくなった。また、幸一さんはかつて最初の職場を部下の不正によって解雇され、次の職場では汚職への関与を疑われて厳重注意を受け、独立して今の会社を始めてからも仕事の依頼が増えず、悩みは尽きなかった。けれども、この鷹の額を手に入れてから仕事の依頼が増え始め、悪いことも起きていないそうである。

赤い蛇

私が主催する「高崎怪談会」の常連客であるS山さんは、仕事で悩みを抱えており、いらいらすることが多かった。彼女自身、どうしてこんなことで腹が立つのか？　と不可解に思っていたほどで、身体に異状があったわけでもなく、余計に不可解であった。

そんなとき、「高崎怪談会」を通じて知り合った女性画家が高崎市内で個展を開くことになったので、気晴らしに出かけてみた。その女性画家は手描きの絵よりも、パソコンとソフトを使って描いた絵を数多く出展しており、印刷物なので手頃な値段の作品が多い。S山さんはその中でも稲荷を描いた額縁つきの絵が気に入ってしまい、欲しくて堪らなくなった。稲荷といっても、祠の前で狐二頭が遊んでいる童話的なかわいらしい作品だ。

S山さんはそれを購入して自宅へ持ち帰ると、ベッドの脇にある棚の上に飾った。目覚まし時計を置く、まさに枕元の位置にである。その夜、午後十一時頃に彼女がベッドに入って眠っていると、こんな夢を見た。

今いる部屋の様子がはっきりと見える。彼女もベッドに横たわっていた。

彼女の太腿の、肉の中に真っ赤な蛇が棲み着いている。それは小さかったが、たちまち長くなり、胴も太くなってくる。そして緩々《ゆるゆる》と移動を始めた。彼女の背中に穴が開いて、蛇はそこからズルズルズルッ……と音を立てながら抜け出ようとする。

赤い蛇がすっかり身体から抜け出ると、目が覚めた。

時計を見れば、午後十一時五分過ぎであった。ほんのわずかな時間のできごとだったが、S山さんは気持ちが良くなって、まったくいらいらしなくなっていた。そして、

「コオオオオン!!」

と、狐の甲高い鳴き声が稲荷の絵のほうから響いた。これには驚いたが、

(この絵が助けてくれたのね)

そう確信したという。

後日、絵を制作した女性画家と会う機会があった。そこでこの話をして御礼を言うと、

「ええっ!?　そんなことを言っていただいたのは、初めてですよう」

当の女性画家は驚き、笑い出した。喜びながら戸惑っている、そんな風であった。

だが、のちに閑古鳥が鳴いていた喫茶店が、この女性画家の絵を置いたところ、繁盛するようになったらしい。

絶対にあれはいる

五十代の男性Fさんが若い頃の話である。彼は岩手県のある川へ渓流釣りに行った。一人で川を遡ってゆくと、大きな淵がある。そこで竿を出そうとしたところ、小学校低学年くらいの子供が、淵の中から突き出た大きな岩の上に座っているのが見えた。パンツ一枚穿いていない素っ裸で、熊が棲む山奥だというのに、一人きりであった。

（変な子だな）

どうも普通の子供ではなさそうだ。Fさんは近くへ寄って、もっとよく見ようと思った。すると、その子供はいきなり水中に飛び込んだ。

（あっ、逃げた！）

Fさんは岩があるほうへ駆け出した。ところが、子供は陸に上がると、四つ這いになって、まっすぐこちらに駆け寄ってきた。野獣のような速さだったという。

子供の意外な行動にFさんは仰天した。彼も走っていたのですぐには止まれない。

（ぶつかる！）

ひやりとしたが、子供は正面衝突する直前に向きを変えると、森の中へ入っていった。

Ｆさんはしばらくその場に残って様子を見たが、子供が森の中から出てくることはなかった。至近距離で見た子供の姿は、肌が日に焼けていて浅黒かった。少年なのか少女なのか、性別はわからなかったものの、頭髪が長く、ぼさぼさで赤茶けていた。口は真っ黒で、水鳥の嘴のように長く尖っていた。それ以外は人間の子供と同じ姿をしていたという。

後日、Ｆさんは再びあの子供に会いたいと思い、水中眼鏡とシュノーケルを持参し、潜水服を着て淵に潜ってみた。彼はダイビングをやっていて、泳ぎが得意なのである。以前に子供が座っていた大きな岩を調べてみたところ、水底と接する辺りに子供が潜れるくらいの穴があった。

（ここから地下の隠れ家に出入りしているのかもしれないぞ）

穴の中を覗き込むと、奥まで続いているようだが、真っ暗で何も見えない。Ｆさんの体格では中に潜って調べることはできなかった。

その後も何度かこの淵に足を運んでいるが、あの子供と再会したことはない。だが、

（絶対にあれはいるんだ！）

今もそう信じているという。

避難小屋

一般に高山《こうざん》といえば、森林限界を越えた草原と岩ばかりの〈高山帯〉を指すものだが、虫屋（昆虫採集愛好家）の間では、ブナ林が広がる標高一〇〇〇メートル前後から上を〈高山〉と呼ぶことが多い。

初夏のこと、甲虫類が好きな虫屋の男性O山さんとS川さんは、高山採集に出かけた。その山へ行くのは初めてだったという。

クワガタムシの仲間は、幼虫時代を朽ち木の中で過ごし、羽化したあともしばらくはそこで休眠する種が多い。二人は〈高山種〉のツヤハダクワガタを狙っていた。この種は筒型をした原始的なクワガタムシで、体長は大きな雄でも二十ミリ前後、どことなくゴミムシに似た姿をしており、赤く朽ちた木を幼虫の餌として、その中で過ごしている。成虫の寿命は短く、餌は何を食べるのか、あるいは何も食べないのか、それすらわかっていない。したがって、他のよく知られたクワガタムシのように、樹液に集まる成虫を採集することはできない。

そのため二人はブナ林の倒木や立ち枯れを見つけては、手斧や鉈などで剥いでゆく〈材割り〉と呼ばれる方法でツヤハダクワガタを探し回ったが、ちょうど良い具合に赤く朽ちた木は、なかなか見つからなかった。

この山には登山道沿いに蒲鉾型をした避難小屋がある。金属製で、新しいのか、壁に光沢があった。中を覗くと誰もいない。壁の両側にそれぞれベンチが設置されていた。

「おっ、先客もいないし、ちょうどいいや。今夜はここに泊まろうぜ」

O山さんが言った。二人は一泊二日の予定で沢山の甲虫類を捕ろうと計画していた。

「この中にテントを張るんですか？」

S川さんが訊く。三十五歳の彼はO山さんよりも四つ年下で、虫屋の経験も少ない。

「いいや。中も綺麗だし、ベンチに寝袋を広げればいいだろう」

じきに日が暮れてきた。小屋の中に電灯はないので、O山さんが持参した小型の電池式ランタンを取り出して点灯する。青白い光が小屋の中全体に広がった。

午後八時、外は既に真っ暗である。夕食を食べ終えて話すこともなくなり、寝袋に入って眠ることにした。O山さんがランタンの灯りを消そうとしたとき……。

「誰だっ!?」

と、いきなり跳ね起きた。二人の間には通路がある。彼らは出入り口のドアのほうに足を向けて寝ようとしていたのだが、O山さんはそちらを睨みつけて怒鳴った。

「何をするっ⁉」

どうしたんですか、と言いかけたS川さんは、線香の煙の匂いを嗅いだ。

「ん……？　線香の匂いがしますね。何ででしょう、こんな山の中なのに……」

O山さんは答えず、怖い顔をしてまだ出入り口のほうを睨んでいる。S川さんはわけがわからず、気味が悪くなってきた。場所が場所なので、余計に緊張してしまう。

「ねえ、O山さん。ほんとに、どうしたんですか？」

幾ら話しかけてもO山さんは無反応で、同じ方向を睨んでいる。まるで動かないことから、S川さんには金縛りに掛かっているように思えてきた。

（まずいぞ。こんな所でこんなときに……。どうしよう……）

S川さんは当惑して、緊張から喉が渇き、額に汗が滲んできた。そんな状態が五分以上も続いて、

「いなくなった！」O山さんが急に大声を発した。「ああ、やっといなくなったか……」

溜め息を吐いている。

「脅かさないで下さいよ！」

S川さんも安堵の溜め息を吐いた。

「一体、どうしたんですか？　何があったんです？」

「いいのか、話しても？」

S川さんがしばし迷った末に頷くと、O山さんはこんな話を語ったという。

O山さんがランタンを消そうとしたとき、ふとドアの方向に白いものが見えたので、彼は消灯せずに目を凝らした。すると、ドアが開かなかったにも拘らず、いつしか小屋の中に白い浴衣を着た、小柄でほっそりした女が立っていた。

長い黒髪を胸まで垂らした、三十がらみの見知らぬ女である。顔が小さなわりに目と口が大きい。O山さんは大声で誰何《すいか》したが、女は無表情で何も答えず、ドアの前に正座すると、手に持っていたものを掲げた。

線香の束だ。火が点いていて、煙が立ち昇る。その匂いを嗅いだ途端、O山さんは感覚がおかしくなってしまった。怒鳴るつもりはなかったのに、「何をする!?」と口が勝手に動いていた。逆にS川さんが話しかけてきたことはわかっていながら、どうしても返事をすることができなかったという。

女はしばらくの間、線香の束を掴んだまま正座していたが、小屋中に煙の匂いが立ち込めると、後方へ滑るように移動を始めた。音を立てず、手足も動かさない。正座したままの姿勢で、閉ざされたドアに吸い込まれるように消えていったそうだ。

「うわ！　そんな怖い話、勘弁して下さいよ！」

「だから、話してもいいのか、と訊いたじゃないか」

　O山さんからそう言われると、S川さんは黙るしかなかった。

「それより、S川君にはあの女が見えなかったのかね？」

「女なんて見てませんよ。でも、線香の匂いはさっきから……いや、今もしていますね」

　二人は朝まで眠れない一夜を過ごした。S川さんは時間の経過が極めて遅く感じられ、このまま永遠に夜が明けないのではないか、と思ったほど辛かったという。

　翌朝からの材割り採集も良い朽ち木が見つからず、寝不足で気分が乗らなかったので、正午には下山することにした。登山口の駐車場に駐めてあったS川さんの車に同乗し、彼の自宅まで引き揚げる。夕方前には到着して解散となった。

　しかし――。

　O山さんはそこから愛車に乗って帰宅する途中、走行車線から大きく外れ、対向車と真正面から激突した。居眠り運転だったらしい。車は大破し、O山さんは即死してしまった。

　その知らせを聞いたS川さんは衝撃を受けたせいか、あるいは風邪を引いたのか、翌日から一週間、高熱を出して寝込んだそうである。

赤ランプ

かなり以前に聞いた話である。昭和十年、K子さんは七歳で、彼女の実家は埼玉県内の街道沿いにあった。当時、近所に住んでいたM井という老人が病没した。

それから半月余り経った頃、近所に住む女性三人がK子さんの家を訪ねてきた。K子さんは母親から「大人の話だから、他の部屋へ行きなさい」と命じられたが、何となく気になったので聞き耳を立てていたという。

「M井さんが出るんだって。それも毎晩だってよ」

「別の人と見まちがえたんじゃないの？」

「ほんとだよう。昨夜《ゆうべ》あたしも見たんだから。今夜も出たら呼ぶから、一緒に見ようよ」

母親は半信半疑のようだったが、女性たちに誘われて見に行くことになった。

その日の宵。晩秋のことで日没は早く、父親はまだ仕事から帰ってきていなかった。辺りが真っ暗になった午後六時過ぎ、女性たちが騒ぎながら呼びに来て、母親は外へ出ていった。K子さんも好奇心に駆られ、跡を追って外へ出た。たちまち母親に見つかってしまったが、叱られることはなかった。

当時は車も街灯も少なかったので、街道沿いでも日が暮れれば静かで暗くなる。ただし、このときは月が出ていたので、真っ暗というわけではなかった。

ドコッ、ドコッ……と、前方から足音が聞こえてくる。街道の向かいの路肩に人影が見えた。ゴム長靴を履いた男が鍬を担いで歩いている。

K子さんは母親たちと一緒に前進した。幅十メートルほどの街道を挟んで真横から男を見ると、小柄で頭髪は白く、野良着を着ていた。死んだM井老人にまちがいない。生きていたときと少しも変わらぬ姿で、駐在所の前を通り過ぎてゆく。

一瞬、老人の姿が真っ赤に染まった。駐在所の屋根に取りつけられた赤ランプの光を受けたのである。さらに駐在所の屋内から漏れる灯りに誘われたのか、大きな黄色の蛾（十月から十一月に出現するヤママユガ科のウスタビガかもしれない）が飛来し、老人の胴体を突き抜けて赤ランプの下の壁に留まった。それを見たK子さんは、

（ああ、あのお爺さん、やっぱり死んでいるんだ）

と、強く実感した。急に怖くなってきて、母親に縋《すが》りつく。

当時は街道の裏手に田畑や雑木の疎林が広がっていた。老人はそこへ通じる小道に入ってゆく。女性たちは跡を追っていったが、小道に入ると、老人の姿はなかった。

どういうわけか、その晩を最後に、老人は現れなくなったという。

キリギリス

トラックの運転手をしている三十代の男性Ｆさんは、十一月の夜更けに仕事で群馬県から千葉県へ向かった。月が檸檬色に輝き、周りの雲を白く浮き彫りにしている。深い紫色の夜空が明るく、鮮やかに感じられる。

道路が空いていたので予定時間よりもかなり早く、夜明け前には目的地に着いてしまった。近くに朝までトラックを駐めておけそうな広い空き地がある。四隅に草むらがあって、コオロギがにぎやかに鳴いていた。時折スズムシの声も聞こえてくる。Ｆさんはそこに駐車して仮眠することにした。

エンジンを切って目を閉じていると……。

それまでのどかに鳴いていた虫の声が、急に大きくなってきた。激しく笛を吹いているかのように喧《やかま》しくなり――。

ピイイイイイッ！

鋭い音がＦさんの耳元で、ひと際大きく聞こえた。驚いて目を開け、車内灯を点ける。

（キリギリスでも入り込んだか？）

車内を見回したが、虫の姿はなかった。そもそも窓を開けていないので、虫が入り込めるはずがないのだ。それにキリギリスは威勢の良い大きな声で鳴くが、夏の虫なので、十月ともなれば滅多にいないのである。

(おかしなこともあるものだ……)

舌打ちをして、もう一度眠ることにした。目を閉じて、うとうとしていると……。

ピイイイイッ、キイイイイイッ!

先程よりも甲高い、大きな音に眠りを破られた。堪らず跳ね起き、すぐに車内を見回したが、何もいない。耳が痛くて、すっかり眠気も覚めてしまった。

(一体、車の中に何がいるんだ?)

外は夜明け前の濃厚な闇に覆われている。ひょっとしたら、耳元で音が聞こえたと思ったのは寝惚けていたせいで、人間が近くで警笛でも吹いているのではないか、と思い、Fさんは車から降りてみた。途端に虫の声が激しくなる。威嚇しているかのようだ。トラックの周りには草むらがあるだけで、人間が隠れることができそうな場所はない。何やら気味が悪くなってきた。

運転席に戻ってドアに鍵を掛けると、まんじりともせずに夜が明けるのを待った。東の空が赤紫色に染まってきた頃——。

ピイイッ、ピイイイイッ、キイイイイイイッ！

まさに耳元で、これまでで最も大きな音が響いた。今度は寝惚けていたわけではない。狼狽していると、辺りが薄明るくなってきた。そして地元のナンバーをつけたトラックが一台、空き地に入ってきたのである。少し安心してFさんが車内から会釈すると、中年の男性運転手が降りてきた。

「ちょっと、ちょっと」

Fさんは窓ガラスを下ろした。

「はい？」

「そこにねえ、墓があるんですよ。昔の小さな墓なんだけどね」

Fさんは慌ててトラックから降りた。足回りを見てゆくと、左の後輪が転がった古い石塔を踏みつけていた。

夏の橋

昆虫には光に集まる〈正の走光性〉があり、それを利用したのが〈外灯採集〉である。夜行性の種であっても、月光を利用して活動する習性があるため、蒸し暑い夏の夜に白い光を放つ水銀灯の下へ行くと、さまざまな昆虫を見ることができる。森や草むらには入らないので軽装で済み、複数のポイントをドライブがてら巡ることも可能だ。

ただし、オレンジ色の光を発する外灯にはあまり虫が集まらない。また、昨今はＬＥＤ電球の外灯が増えているが、これは白い光を放つものの、紫外線をごく少量しか出さないので昆虫はほとんど飛来しない。それで近年は、自前の照明器具と発電機を買いそろえて山奥で密《ひそ》かに使う虫屋（昆虫採集愛好家）が増えている。ドライブがてら気軽にできる〈外灯巡り〉は近い将来、完全に廃れる日が来るのかもしれない。

夏の夜のこと。クワガタムシが好きな二十代の男性Ｅさんは、彼女を車に同乗させて地元にある橋まで〈外灯採集〉に出かけた。気軽な〈外灯巡り〉だからこそ、できることだ。そこは幸いなことに、まだ白い水銀灯が使われている。下を流れる川の畔にはヤナギやクヌギが疎《まば》らに生えており、川の両側には山が続いている。ここはノコギリクワガタ、ミヤマクワガタ、アカアシクワガタなどがよく飛来していた。

午後十時頃、Eさんはカーラジオを聴きながら車を走らせ、橋の袂《たもと》にある、道が少し広くなった場所に車を停めた。懐中電灯を点け、車から降りて橋を渡り始めると、ノコギリクワガタの雄が見つかった。体長は六十ミリほどで、格別大きな個体ではないが、このまま放置しても他の車に轢かれてしまうことだろう。Eさんは身を屈め、路上でじっとしているクワガタムシを拾い上げた。そして立ち上がると――。

橋の手摺りの上に、異様なものが乗っていることに気づいて棒立ちになった。

人間の生首だ。青白くて、いかつい男の顔があった。

「ひっ……」

彼女も気づいたのか、首を絞められたような声を発した。

しかも、それだけではない。手摺りの先を見ると、他にも生首が乗っていた。男の首もあれば、女の首もあった。いずれも蓬髪《ほうはつ》だが、男は髭が伸びているので区別できる。それが左右の手摺りの上に、一メートル程度の間隔を開けて、都合十以上も並んでいた。すべての生首が口から血を滴らせ、白く光る目を剥いて、Eさんたちを見つめている。車から降りたとき、手摺りの上にそんなものは見えなかったという。

Eさんと彼女は顔を見合わせた。彼女が抱きついてくる。Eさんは左手で彼女の手を引いて逃げ出した。右手に持ったノコギリクワガタを容器に収める余裕はなかった。橋の下に広がる疎林の中へ逃がしてやろうとしたが、クワガタムシは彼の指を挟んだ。

「いててっ!」

車のエンジンは掛けたままにしてあった。彼女を助手席に乗せると、Eさんは逃がす機会を逸したクワガタムシを着ていたTシャツの胸にしがみつかせて、運転席に乗り込んだ。車を発進させる前にもう一度、橋の手摺りに視線を向けると——。

先程まで手摺りの上に並んでいた生首がない。一つも見当たらなかった。

それでも、車から降りて再びクワガタムシを探す気にはならなかったので、Eさんはその場で車をUターンさせると、速度を上げて彼女をアパートまで送り届けようとした。

「あんなに生首が並んでるなんて……あの辺、昔は刑場でもあったのかな?」

Eさんが車内で話しかけると、彼女が思いも寄らなかったことを口にした。

「何言ってるの? 生首じゃないわよ!」

彼女の話によれば、ぼろぼろの着物を着た、首がない人間の死体が十体以上も、手摺りの上に立っていたのだという。

「じゃあ、俺が見たものとは正反対じゃないか!」

わけがわからず、一層恐ろしくなったので、Eさんはその夜、彼女のアパートに泊まってしまった。下心があったからではなく、一人で帰るのがどうにも嫌だったそうだ。おかげで収獲はさして大きくもないノコギリクワガタの雄のみに終わった。Eさんは一時、その存在も忘れていたが、帰途にクワガタムシが彼女の膝の上へと移動し、

「あっ、挟まれたらどうしよう！」

と、彼女が騒いだので思い出した。

なお、Eさんがあの橋や川について調べたところ、江戸時代の終わりにこの町は戦場になったことがあり、捕虜となった武士が川の下流で斬首されていたことがわかった。ただし、そこから橋までは数キロ離れている。また、Eさんは女の生首も目撃したが、近場で女が斬首されたという記録を見つけることはできなかった。いずれにしても、生首と遭遇するのは嫌なので、それきりあの橋へ採集に行くことは控えているという。

二階に住むモノ

「高崎怪談会」を観覧して下さった女性Ｚさんから、後日に伺った話をしてみたい。

Ｚさんは結婚して子供ができると、埼玉県の山間部にある夫の実家だった家をリフォームして住むことになった。夫の両親が都市部のマンションに移り住んだことから、何年か空家になっていたものである。一階が三ＬＤＫで広いため、二階は客間として空けておくことにした。

住んでみると山間《やまあい》にあるため、家屋も庭も午前十時を過ぎないと日が差さず、夏場でも午後四時には日陰になってしまう。春、秋、冬は午後二時頃から薄暗くなるので、昼間でも電灯を点けて生活しなければならない。

問題はそれだけではなかった。Ｚさんが引っ越してきた日に鍋を仕舞おうと、台所のドアを開けたところ、何かがぽとりと彼女の肩に落ちてきた。見れば大きなムカデである。思わず悲鳴を上げて家中を逃げ回った。どこに隠れたものか、ムカデはいつの間にかいなくなっていた。

そして、彼女の夫は夜中に起き出して台所へ水を飲みに行くことが多いのだが、その際に決まって三匹以上のゴキブリと遭遇する。夫はZさんよりも虫が苦手なので、化け物に襲われたような悲鳴を上げて、寝室へ逃げ帰ってくることが多発した。

「何でリフォームしたばかりの家なのに、こんなに虫が出るの？　まさか、手抜き工事だったんじゃ……？」

Zさんは疑問を口にしたが、

「いや、そんなはずはないよ」

夫は頭から噴き出す冷や汗をパジャマの袖で何度も拭いながら否定した。

「親の代から知り合いの、信頼できる業者に頼んだんだから。それに、俺が昔ここに住んでいたときは、もっと古い家だったけど、こんなにゴキブリが出ることはなかったんだ」

そこで急に、同じ部屋で寝ていた生後九ヶ月の息子が泣き始めた。なかなか泣きやまないので電気を点けて「よしよし」と抱き上げると、息子の背中から、大きなムカデが布団の上に転げ落ちてきた。

夫婦そろって絶叫し、息子が尚更激しく泣いたことは書くまでもない。

さて、Zさんが高校時代の女友達や、最近仲良くなった近所の女性を自宅に招いたときのこと。玄関を入るとすぐに二階へ通じる階段があるのだが、彼女たちはそこを見上げて、

「上に、誰かいるの?」と訊くことがあった。

「やめてよ、もう。悪い冗談言わないでよう」

Zさんは笑ったが、相手は笑わなかった。

「いや、ほんとよ。誰もいないの? 足音が聞こえたんだけど……」

不可解な現象は他にも発生した。

九月のこと。深夜になるとどこからか、ひそひそと話し声が聞こえてくるようになった。話し声は大抵一時間も続く。男が単独で話しているようだが、何を言っているのか、聞き取れない。それが毎夜続くこともあれば、数日おきに聞こえてくることもあった。Zさん宅の右隣には古いアパートがあり、二階に出稼ぎの中国人男性が住んでいることから、

「いつも夜中に……。あれ、日本人じゃないよね」

「中国人だろう。電話をかけているのかな? 近所迷惑だよな」

Zさんは夫と文句を言ったが、後日、それがまちがいだったことを知る。

その夜、彼女は庭に駐めた愛車の車内灯を点けたままにしていたことを思い出した。

「ああ。消してこないとバッテリーが上がっちゃうわ」

Zさんは一人で庭へ出た。ちょうど先程まで、ひそひそと話す声が聞こえていた。

けれども、車内灯を消したZさんは怪訝に思った。庭にいるとコオロギやスズムシなど

の澄んだ鳴き声しか聞こえてこない。家屋に戻ると、ひそひそと話す声が聞こえてくる。夫にも確認してもらったが、話し声は二階の客間から聞こえてきていたのである。

夫がゴルフクラブを持って二階へ様子を見に行くと、話し声はやんだ。客間のドアを開けてみたが、中は無人だったという。

それから月日が経って、その年の十二月。平日の昼下がりにZさんは、一階にある居間で炬燵に入ってテレビを見ていた。息子も横で眠っている。このとき見ていた番組は再放送のドラマで、大筋を知っていたのであまり集中できずにいた。夕飯は何にしようかな、などと考えていると、天井のほうから大きな物音が聞こえてきた。

ドスッ、ドタッ、ドタッ、バン！　ズル、ズル、ズル……。

ドタドタッ、バタバタバタッ、ダン！　ズルズ、ズ……。

(嫌だ。二階に動物でも入り込んだのかな？)

しかし、Zさんも結婚するまでは実家で長年にわたって犬や猫、フェレットなどを飼ってきたから、動物の足音は聞き慣れている。

(動物の足音ならトコトコだ。これは違う。たぶん、人間だ……)

強盗かもしれない、とZさんは考えた。息子は相変わらず、横で気持ち良さそうに眠っているが、起こせば泣き出すに決まっている。泣き声を聞けば強盗は階段を下りてくるに違いない——そこまで先を読むと、Zさんは逃げ出すこともできなかった。

（どうしよう。今は静かにしているしかないか。強盗が階段を下りてきたら……）

そのときは息子を抱きかかえて外へ逃げ、近所の家に駆け込んで助けを求めることに決意した。いつでも逃げ出せるように身構えて待っていると……。

二階にいるはずの強盗は一向に下りてこない。いつしか物音もやんだようである。それと入れ替わるように外から、けたたましいサイレンの音が聞こえてきた。救急車が近づいてくるらしい。話し声も聞こえてきた。近所の人々が家から出てきたのであろう。

（今なら、強盗も追ってこないはず——）

Zさんは息子を抱きかかえると、サンダルを突っ掛けて一気に外へ逃げ出した。救急車が左隣にある家の庭へ入ってゆく。強盗が追いかけてくる気配はなかったので、Zさんは幾らか安堵して、

「何があったんですか？」

近所に住む知人女性に声をかけてみた。知人女性が教えてくれた話によると……。

Zさん宅の左隣にある家は、庭に柿の大木が生えていて、枝がかなり伸びていた。そこで隠居のT男さんが木に登り、枝を伐採していたのだが、途中で足を滑らせて転落したら

しい。木の下に倒れているところを家族が発見し、救急車を呼んだという。七十八歳のT男さんは応急措置を受けながら病院へ搬送されていった。

Zさんは救急車が去って騒ぎが治まると、知人たちに事情を説明して、男性を含む四人に自宅へ来てもらった。そして二階を一緒に調べてもらったが、侵入者はいなかった。

T男さんは高齢のわりには壮健で身軽な人物だったものの、後頭部と背中を強く打っており、その夜のうちに亡くなってしまった。

Zさん自身は、T男さんとは挨拶をする程度で親しい間柄ではなかった。とはいえ、隣組なので、夫と一緒に翌朝から線香を上げに行った。この家はツゲの木の垣根に囲まれているが、門がなくて庭の奥に家屋がある。線香を上げて一旦引き揚げようとしたとき、庭に生えている柿の木が目についた。その前を通り過ぎようとしたZさんは、ふと、自宅のほうに目をやって――。

(うっ……!!)

息を呑んで立ち竦んだ。ツゲの垣根を挿んで、自宅の二階の窓がよく見える。

その窓ガラスに、青白い人間の顔がべたべたとくっついていた。老若男女の顔が十数。いずれもどこかが砕けた歪《いびつ》な顔ばかりで、中には顔面の半分以上が砕けているものもあった。それらが室内から、怨めしげな目をして、こちらを見下ろしていたのである。

Zさんの様子に気づいた夫が「どうした？」と声をかけてきた。

「あ、あれを……」

Zさんが窓を指差すと、老若男女の顔は消え失せてしまった。

「きっと、T男さんはあれを見たのよ。それでびっくりして、木から落ちたんだわ」

帰宅してから夫にそう話したが、彼にとっては生まれ育った家であり、曰く因縁はまったく聞いたことがない、という返事であった。

Zさんが砕けた顔の群れを目撃したのは、このとき一度きりだったけれども、二階にはできるだけ行かないようにして過ごした。その後、元々暮らしやすい家ではなかったことから、二年半住んだだけで他の土地へ転居したという。

Zさんたちが去ってから、夫の兄夫婦が同じ家に入居している。Zさんは彼らの身を案じていたが、会ったときに訊いてみたところ、

「ゴキブリ？　ムカデ？　家の中じゃ見たこともないよ。幽霊？　そんなもん、いるわけないだろ。日当たりが悪くて暮らし難い、それだけの家さ。何も出やしないよ」

と、失笑されたそうである。

西国経文の怪

大分県在住で五十代の男性Uさんは、長身で巌《いわお》のような体躯《たいく》の持ち主である。彼の職業は公務員なのだが、髪が薄くなったことからすべて剃り上げてみたところ、元々いかつい顔立ちがより強面《こわもて》になった。

あるとき、黒いサングラスをかけて書店に行くと、駐車場でチンピラたちが高校生の少年に絡んで恐喝しようとしている現場に出くわした。見て見ぬふりをするわけにもいかず、スマートフォンで警察を呼んでから、近づいて「やめんか」と声をかけた。凄んだつもりはなかったのだが、先方は暴力団幹部とまちがえたのか、「やべえ、プロが来た！」「すいません」と逃げていったという。

かつてUさんは、妻子と公営の団地に住んでいた。住まいは庭つきの二階建てだが、庭は両隣の家とコンクリートの塀一枚で隔てられており、住居の壁と壁は繋がっている。

三十代の頃、そこに住み始めてまもなく、その現象は起こるようになった。誰もいない二階から、真夜中、子供が走り回るような足音が聞こえてくる。後ろから頭を小突かれることなどは日常茶飯事で、振り返っても誰もいない。

ある朝、妻が窓のカーテンを開けると、窓ガラスに真っ黒な男の顔が張りついていた。妻は「ひいっ」と小さな悲鳴を上げて窓辺から飛び退いた。一部始終を近くで見ていたUさんは証拠として残すべく写真を撮ろうとしたが、その前に男の顔は消えてしまった。

また、他の晩、一階にある居間で家族四人がそろってテレビを見ていたときのこと。

「あれ、何やろうね？」

高校生の息子が天井を指差す。

窓際の天井近くに黒い靄のようなものが浮かんでいた。それは初め、サッカーボールほどの大きさだったが、急激に膨らんで、渦を巻き始めた。黒い渦が天井一帯に広がってゆく。やがてその中から、黒いものが豪雨のように降ってきた。Uさんたちの身体や座卓、床などに落ちてきて、部屋中が墨でも撒いたかのように真っ黒になる。

「何、これ……!?」

「お、俺にもわからん！　わかるわけ、ないやろうが！」

妻に訊かれても、Uさんは答えることができなかった。強面で巌のような大男である彼も、このときばかりは腰を抜かして、声も出せずに震え上がっていた。

よく見れば、降っているのは文字らしい。漢字のようだが、読めない字もあった。

『舎利子』『無限耳鼻舌身意』『色即是空』『摩訶般若波羅蜜多心経』『南無阿弥陀仏』

「ぬう……。なんやら、《どうやら、》お経んことあるが！《お経のようだな！》」

Uさんは読めた文字からそう判断したが、打つ手は何もなかった。

少しすると文字の豪雨はやみ、部屋中に積もった経文や黒い靄のようなものも消えていった。実際には一分余りのできごとだったが、大地震に遭ったときに揺れている時間が長く感じられるように、もっと長いこと降っていたような気がしたという。

「幾ら何でん、もう我慢できん！　こげな所《とこ》、住んじょられるかっ！」

Uさんは引っ越しを考え始めた。この土地に問題があるものと考えたのだ。思い切って、建て売りの一戸建て住宅を買って引っ越した。しかし、数ヶ月後にはまったく同じ現象が新居でも発生するようになった。そこでUさんと妻は知人に初老の女性祈祷師を紹介してもらい、相談した。祈祷師によると、

「場所じゃあねぇ。あんたがた家族にとり憑いちょんのやわ」

とのことで、御祓いをしてもらったが、効果はなかった。

他の祈祷師や神社にも相談し、何度か御祓いを受けているものの、やはり効果はなく、今でもこれらの現象は続いているそうだ。

東国経文の怪

　群馬県在住で四十代の女性Hさんが、前橋市内の実家に住んでいた独身時代の話である。夏の昼間、彼女は二階にある自室のベッドで昼寝をしていた。暑いので窓と入口のドアを開け放ち、扇風機を回している。

　やがて目が覚めたとき、彼女は俯せになった状態で、身体がまるで動かないことに気がついた。そればかりか、腰から尻にかけて何かが乗っている。人の気配だ。大柄な男が馬乗りになっている――そんな気がした。早くこの状況から逃げ出したかったが、どうすることもできない。

　その相手は、Hさんの背中を何やら細いもので擦り始めた。それを何度も繰り返す。背中に手の指で文字を書こうとしているらしい。単純な形ではなさそうなので、ひらがなやカタカナではなく、どうも漢字のようであった。

（あっ、お経だな）

　と、Hさんは閃いた。彼女はとくに信仰心が強いわけではなく、経文に深い関心があるわけでもない。だが、このときはそう確信した。

（じゃあ、乗っているのは、お坊さん？）

首を曲げて相手の姿を見てやろうとしたが、叶わなかった。どうしたものか、困っていたところへ、廊下のほうから足音が近づいてきた。妹がやってきたのだ。

「お姉ちゃん、赤いボールペン、貸してくんない？」

妹は姉妹同士の気安さもあって、開け放たれたドアから部屋の中を覗いた。

「うっ……」

妹がドアの前で立ち止まる。それと同時に、Hさんに乗っていた僧侶らしきものの気配が消え失せた。身体が自由に動かせるようになる。Hさんが起き上がると、妹が近づいてきて叫ぶような声で説明した。

「お坊さんがいたよ！　お姉ちゃんの上にいたんだよ！　黒い、法衣っていうの？　そういう服を着た、つるつる頭の若いお坊さんが！　でも、いま消えちゃったんさぁ！」

なぜ僧侶が現れたのか、理由はさっぱりわからなかったという。

怪奇対談一

いいもんあげらあ

戸神　今日はよく怪異を目撃するという主婦のＩさん（三十代、群馬県在住）に体験談を伺いたいと思います。どうぞよろしくお願いいたします。

Ｉ　はい。最初の話は、五、六年前のことです。ある日急に〈○△書店が呼んでいる〉と思ったことがあります。自宅から五、六キロ離れた県道沿いに○△書店という本屋があるんです。子供の頃からコミックの新刊はそこで買うことにしています。その前を車で通ったとき、「いいもんあげらあ《あげるよ》」という声が耳元で聞こえたんです。次の日に行ってみたら、店の前に宝くじの販売所ができていたんです。ははあ、これのことか、と思ってスクラッチを三枚買ったら、一万円と五万円が連続で当たりました。

戸神　ほほう。それは、どんな感じの声でしたか？

Ｉ　男の人の声でした。中年の、低くて優しそうな、感じのいい声でした。あの店では万引きをしたことがなかったから、良かったのかもしれません。(笑)

戸神　というと、よそでは万引きをしていたってことですか？

Ｉ　いいえ。そういうわけじゃありませんよ。(苦笑)

怪奇対談二　赤ちゃんがいるよ

戸神　他にはどんな体験がありますか？

I　私は農家の嫁なんですが、嫁いだばかりの頃、よそに住んでいる夫の兄夫婦が家に来て、泊まったことがありました。昼過ぎに居間で家族そろってお茶を飲みながら話していたら、見たことのない男の子が急に現れて、夫の兄嫁のT子さんの横に立ったんです。その子がT子さんのお腹を指差して、「赤ちゃんがいるよ」って言ったんです。それで私も〈ああ、生まれてくる子が教えに来たのかな？〉って思ったんです。

その夜、トイレに行こうとして廊下を歩いていたら、家の中に赤犬や虎猫、タヌキやキツネなんかがそれぞれ何匹も入ってきたんです。その動物たちが廊下を行ったり来たりしながら鳴いたり吠えたり、夜通し騒ぐので物凄くうるさくってね、「これじゃあ眠れない」と夫に文句を言ったのですが、夫には何も聞こえないそうで、「朝まで我慢しない《しなよ》」と言われただけでした。

で、翌朝、T子さんが「私たち、赤ちゃんができたみたいなの」と言ってきました。〈ああ、やっぱり〉と思ったのですが、それから月日が経って生まれてきた子は、男の子ではなく、女の子でした。変だな、と思ったのでT子さんと会ったときに、例の男の子を見た話をしてみました。そうしたらT子さんは驚いて、「Iちゃんにはまだ話していなかったけど、私、前に男の子を流産したことがあってね」と自分から話してくれました。私が見たのは、死んだその子だったんでしょうね。

戸神　ふうん……。その男の子というのは、何歳ぐらいだったのですか？

I　ええと、五つか、六つぐらいでした。

戸神　流産だったんですよね。では、亡くなった子はどうして、五歳か六歳の姿だったのでしょう？　本来なら胎児の姿をしていないと、辻褄が合わないのではありませんか？

I　それは、私にもよくわかりません。ただ、T子さんもそう思っているようでした。

戸神　そうですか……。あと、もう一つ伺いますが、見知らぬ子供やいろいろな動物が家に入ってきたときは、どうお感じになりましたか？　驚きましたか？

I　最初は驚きましたよ。でも、男の子のときはT子さんも他の家族も気づいていなかったのと、男の子の姿がすぐに消えちゃったので、生身の人間じゃないな、とわかりました。動物たちのときも同じですね。夫を呼んで見せようとしたのですが、「何もいないじゃないか」と言われたので、生きてる動物じゃないことがわかりました。

怪奇対談三　テロリレロ

戸神　他にも何か体験談をお持ちでしょうか？

Ｉ　ええ。私には小学生の娘がいるんですが、あれはまだ二歳頃のことです。当時は娘を抱いたり、歩かせたりしながら、よく近所を散歩していました。家の前に車一台が通れるぐらいの公道がありまして、そこに身体の左半分が焼け爛《ただ》れている女の子が出るようになったんです。人形を抱いていて、それも焦げちゃってる。〈うわ、また変なのが出た〉と思いましたけど、敵意はなさそうでした。娘を歩かせていると、いつもゆっくり近づいてきて、引き攣った顔で笑いかけたり、〈いないいないバア〉をやったりして、娘と遊ぼうとするんです。娘も不思議と怖がらずに笑っていました。で、その女の子が人形を差し出してきたことがあったんです。〈あ、嫌だな〉と思ったんですけど、娘は受け取ろうとしなかったんですよ。こんなに小さいのにわかるんだ、うちの子偉い！　と思いました。

戸神　その、焼け爛れた女の子は、何歳ぐらいでしたか？

Ｉ　七つか、八つぐらいですかねえ。

戸神　抱いている人形はどんなものでしたか？　和風ですか？　洋風ですか？

Ｉ　煤《すす》だらけでわかり難かったのですが、ソフビ製じゃないですね。布で作った、縫いぐるみに近いものでした。ぼろぼろで、人形だとはわかりましたが、どんな顔かは真っ黒でわかりませんでした。……この話、まだ続きがあるんですけど、いいですか？

戸神　はい。お願いします。

Ｉ　それからしばらくは、その女の子を見かけなくなりました。だから、どこかよそへ行ったのかな、と思っていたんです。

で、うちは農家なので、敷地の中に収穫したホウレンソウなどの野菜を洗って袋詰めにする作業小屋があります。あのときは、夜の八時頃だったかな？　夫の姉夫婦が隣に住んでいるんですが、その日は作業小屋で一緒に働いていました。作業を終えて外に出てみると、凄く焦げ臭かったんです。気になったので、一度は消した作業場の灯りをもう一度点けて、それを頼りに家の前の公道を見たら、人影が三つ、俯せで川の字になってたんですよ。真ん中にあの女の子がいて、両脇の二人は身体が大きいので、両親だろうと思いました。両親は女の子よりもひどく全身が焼け爛れていて、完全に黒焦げ状態でした。三人はこっちに真っ黒な顔を向けて、片手を伸ばしてきました。

「オカネ……。オカネ……」と向かって右側にいた人影が言ったんです。声が高いのでかろうじて女だとわかりました。母親なんでしょうね。「オカネ……。オカネ……」と何度も繰り返しているので、「お金が欲しいんかね？」と一緒にいた夫の姉のYさんが言いました。Yさんも〈見える人〉なんです。こちらも三人いたせいか、そんなに怖い気はしませんでした。義姉婿《あねむこ》さんは見えていないので、戸惑っていましたが……。

「お金をあげればいなくなるかな？」とYさんが百円玉を財布から取り出しました。そうしたら、三人がこっちに向かって一斉に這ってきたんです。自衛隊員がやる匍匐前進をテレビで見たことがありますが、本当にあんな感じで。私もYさんもびっくりして飛び退きました。だけど、三人とも家の敷地には入ってこないんです。公道を移動することはできても、うちの土地には入れないようなんです。そこで私たちは一旦、母屋の玄関先まで撤退しました。その途端、インターフォンが独りでに、変な音で鳴り出したんですよ。

テロリレロ！　ガラガラガアア！　とか。その音が大きくなったり、小さくなったりするんです。心配になって、Yさんと二人で公道を見に行ったら、相変わらず黒焦げの三人が這い回っていました。「オカネ……。オカネ……」と。またYさんが百円玉を渡そうとすると、こちらに来ようとしますが、うちの土地には入ってこられません。「超怖い！」「マジ怖い！」と、私とYさんは玄関先まで逃げました。でも、三人が追いかけてくる様子はありません。インターフォンはずっと勝手に鳴り続けて、変な音を立てています。

そこへ野菜の配達に出かけていた夫が帰ってきたので、事情を説明したんですけど、夫も義姉婿さんも呆れた顔をして黙り込んでしまいました。（笑）「もう一回行ぐか」「もう一回行ごうか」って、私とYさんはまた公道まで行くと、半泣きになったり笑ったりしながら玄関まで駆け戻りました。同じことを五、六回は繰り返したと思います。

（Iさん、ここまで一気に喋り、疲れたようで一旦沈黙）

戸神　お話を伺っていると、怖いというよりも、楽しんでいるように思えますね。

I　そうですね。怖いことは怖かったんですが、怖さと笑いは紙一重って、よく言うじゃないですかぁ。だんだん面白くなってきちゃったんですよう。あはははっ！「百円玉が何枚もあるから、いざってときはこれをくれてやりゃあ、いいやいね《いいよね》」とYさんも面白がっていました。完全にゲーム感覚でしたね。（大笑）

戸神　はあ。ゲーム感覚、ですか。（苦笑）

I　だって、焼け死んだのに「お水」じゃなくて、「お金」が欲しいだなんて、変な連中だったから、おかしくて……。（呵々大笑《かかたいしょう》）そう思いません？　で、そうこうするうちに、八歳ぐらいの男の子がいきなり公道に出てきたんです。初めて見た子で、紺色の着物を着ていました。Yさんによると、〈ちいあんちゃん〉と呼ばれている、何代か前の早死にした親族なんだそうです。その〈ちいあんちゃん〉が腹這いの三人を一人ずつ、足首を掴んでどこかへ引き摺っていったんです。そうしたらインターフォンも鳴りやみました。それで家に入って、みんなで仏壇にお線香を上げて御先祖様に感謝したんです。

戸神　ほほう……。〈ちいあんちゃん〉は、どうなったんでしょうか？

Ｉ　あの三人を連れてどこかへ行ったみたいで、いなくなりました。

戸神　なるほど。……もう一つ、お訊ねしますが、御自宅の近くで過去に火事で亡くなられた一家がいたのでしょうか？

Ｉ　夫に訊いたら、そういうことはないそうです。戦争中も田舎なので空襲で焼かれた家は近くになかったようです。だから、よそから流れてきたものなんだろうと思います。

戸神　わかりました。取材への御協力、どうもありがとうございました。貴重な体験談に感謝します。

怪奇対談四

後日談

私はぜひとも、Iさんとその御主人に「高崎怪談会」で体験談を語ってもらいたい、と思うようになった。そこで後日、メールで『参加しませんか？』と誘ってみたところ、
『あれから出かける度に同じ男と出会うようになってしまいました。いつも白い上着を着て、白いヘルメットを被って、白い原付に乗った中年の男なんです。どこへ行っても、その男と必ず会うんですよ。私だけじゃなく、Yさんも見ているんです。原付と男の姿が半透明に見えることもあるので、絶対にあれは生きた人間じゃないと思います。あと、夜遅くに真っ黒な人影が家の庭にいるのを見たこともあります。腰を九十度近くに曲げて、ずっとうろうろしているんです。気持ち悪くて……。先日調子に乗って、なから《かなり》喋っちゃったので、悪い霊につけ回されるようになったのかもしれません。お話ししたことは本に書いて下さってもかまいませんけど、怪談会なんかに行ったら、もっと悪いことが起こりそうなので、すみませんが、辞退させて下さい』

と、断られた。

あちらとこちら

山口県出身の女性Xさんは、若くして結婚すると、同じ山口県内でも実家から遠く離れた町で暮らしていた。二十二歳のときに妊娠したが、夫に蹴られたのが原因で男児を流産してしまった。ひどく落胆して、毎日泣いてばかりいたという。両親を悲しませたくなかったので、流産のことは誰にも知らせていなかった。ところが、半月ほど経った頃、急に叔母から電話がかかってきた。話すのは二年ぶりである。

「あんた、つかぬことを訊くんじゃけど、子供流したじゃろ」

「ん……。何でわかるん?」

「昨夜、A子伯母さんが男の赤ちゃん抱いて、あたしのところに来たんよ」

A子伯母さんとは、Xさんの大伯母のことである。大伯母はXさんの実家の向かいに一人で住んでいたが、Xさんが小学生の頃に病没していた。

昨晩、叔母が仕事を終えて帰宅し、玄関の電気を点けると、廊下に大伯母が立っていた。とうの昔に亡くなった人がいたので、叔母は腰を抜かさんばかりに仰天した。だが、大伯母は生前に好きだった藤色の着物姿で、亡くなったときよりも若返って、五十歳くらいに

見えた。破顔一笑しながら優しい声で、

「Xちゃんの子がこっちに来ちょる。ワシが面倒を見ちゃるから、もう泣くな、って伝えちょってくれんかいのう」

それだけ言うと、消えてしまったという。

Xさんは驚いてすべてを打ち明けた。そして、大叔母さんが面倒を見てくれるのなら、もう泣くのはよそう、と心に誓ったそうである。

それから五年が経った。Xさんは夫と離婚したが、実家には戻らず、独り暮らしをしていた。あるとき、彼女は捨てられていた子猫を拾った。人懐こい、雉虎《きじとら》の雄である。当時は猫といえば、屋内と屋外を自由に出入りさせる飼い方が理想と考えられていた。Xさんも放し飼いにしていたのだが、半年ほどで運悪く車に撥ねられ、死んでしまった。遺体は泣きながら近くの公園に埋めてやった。Xさんは落胆し、また孤独になった。

猫を飼っていることも死んだことも、親族には一切話していなかった。けれども、何日かして、また叔母から電話があった。

「あんた、猫を飼っちょったじゃろ。雉虎の男の子」

「……何でわかるん？」

昨晩、前と同じように大伯母が出てきて、叔母に告げたという。

「Xちゃんが飼っちょった猫がこっちに来て、スリスリ足元に擦り寄ってくるんよ。まだ子猫で手がかかりそうだから、どねぇしようかいねえ、と思ったんじゃけど、まぁ、飼ってやることにしたいね。Xちゃんに元気を出すように言《ゆ》うておくれ」

大伯母は用件を伝え終えると、いなくなった。

それから四年後。Xさんの母親も電話をかけてきて、こんな話をした。

「近頃、家で用をしていると、『お祖母ちゃん、お祖母ちゃん』って、擦り寄ってくる男の子がおるんよ。ズボンやスカートの裾を引っ張ってくる。小学校三年生ぐらいの子よ。もしかしたら、あんたの子で、あたしの孫かねえ？」

「小学三年生ってことは、九歳かぁ……」

そういえば、Xさんが流産した子は、生きていれば九歳になるはずであった。

「人間って、死んでからも成長するんかいねえ。ちゃんと育ってたよ。そうそう、昨夜は雉虎の大きな猫が一緒じゃった」

どちらもしばらくすると、いなくなったそうだ。

(あちらとこちらの世界は次元が違うだけで、繋がっているのかな？　そうでないと、辻褄が合わないものね)

Xさんはそう思うようになり、現在は別の男性と結婚して、幸せに暮らしている。

仮面の女神

千葉県在住のC子さんは、仕事で車に乗って遠く離れた地方へ行った。ワゴン車に七人が乗っており、C子さんは助手席に座っていたという。よく晴れた日のことで、午後二時頃、山奥の長いトンネルに入った。そこから出てきたとき、道路は山奥の景色にそぐわないほど綺麗に整備されており、前方の斜面が甚《はなは》だまぶしかった。森の木々が皆伐され、メガソーラーパネルが斜面を埋め尽くしている。

そのとき、こちらに飛んでくるものがC子さんの目に映った。黒褐色で、逆三角形をしている。車のフロントガラスの直前まで飛んでくると、空中に停止した。

「うわっ！　前が見えない！」

運転していた男性がブレーキを踏んで、車の速度を落とす。

C子さんは初め、凧かと思ったそうだ。それは車の進路を遮ろうとするかのように、しばらくの間、フロントガラスの前に浮かんでいた。ほぼ正三角形で、一辺の長さは五十センチくらいある。その内側にもう一つ、三角形の縁取りがあり、下のほうに幾つか穴が開いていて、目と鼻と口のように見える。凧よりも厚みがあって、木製の面らしかった。

「何だ、これはっ⁉」

車内にいた全員が逆三角形の面を目撃していた。それはなおも運転の邪魔をしようとするかのように、何度か左右への移動を繰り返したあと、忽然と消えてしまった。

「何だったのかしら、今のは……？」

C子さんは呆気に取られるばかりであった。

のちに知ったことだが、長野県茅野市湖東の中ッ原遺跡から出土した縄文時代後期の土偶に〈仮面の女神〉と呼ばれるものがある。仮面をつけた呪術師の女性を表現したものではないか、と考えられている土偶だ。その仮面とそっくりだったという。

翌日。

同じ車に乗っていた男性の一人が、仕事先で急に「気持ちが悪い」と言い出した。椅子に座って休んでいたが、やがて激しく苦しみ出したかと思うと、床に倒れ込んだ。C子さんが救急車を呼んだものの、男性はじきに亡くなってしまった。心筋梗塞だったそうである。

心霊写真考

心霊写真はフィルム式のカメラが使われていた時代から〈二重露出などの撮影ミス〉〈思い込みによるこじつけ〉などが原因と言われることがあったが、近年ではパソコンと画像制作ソフトの普及により、〈意図して作られる贋作が急増した〉とか、被写体となる人物の動作や撮影の仕方により、〈それらしく見えるものが狙って写せる〉として、立証もされている。その結果、「心霊写真なんて、九分九厘、存在しない」と言われるまでになってしまった。

私が交流してきた情報提供者の中にも、こう述べる方がいる。

「僕は〈見える〉ほうなので、怪奇な体験は多いんですけど、ああいうものって写真には写らないんじゃないか、と思うんですよ」

また、私自身、ただの木の枝や木目の写真を「女の顔があります」と言われて返答に窮したことや、どこにもそれらしきものが写っていない写真を見せられ、「ここに写っているのに、見えないんですか」と言われたので、「万人に見えないものは、心霊写真とは言えません」と答えたこともある。

そんなことが多かったので、九分九厘とは言わないまでも、心霊写真はあまり信じられなくなってしまった。しかし、写真を実見することはできなくても、それに絡んだ体験談を耳にする機会は多い。その中から、とくに印象に残っている一話を紹介してみたい。

関東地方のある中学校でのこと。現在三十代の女性Wさんは、その学校の卒業生である。彼女と同じ学年にM君という男子生徒がいた。大きな学校で生徒数が非常に多かったため、同じクラスになったことはなく、顔を知っている程度だったが、M君は苛酷ないじめを受けており、それが原因で二年生の秋に自殺した。『死んであいつらを呪い殺します』と書き置きを遺して、マンションの屋上から飛び降りたのだという。

Wさんたちが三年生になったとき、卒業アルバムが制作された。でき上がったアルバムが配布されたが、その写真に「Mが写っている！」と大騒ぎになった。

卒業写真は屋外に雛壇が用意され、各クラスの生徒が男女それぞれ三列に並んで撮影された。M君をいじめていたのは三人組で、その中のリーダー格だった少年の頭上に、M君の顔が浮かんでいた。身体は写っていなかった。

Wさんが確認したのはもちろんのこと、自宅に持ち帰って家族に見せると、

「本当だ！　男の子の顔があるね！」

と、両親や弟も驚いていた。

撮影時に欠席した生徒の写真を隅のほうに収めた〈丸抜き〉ではない。しかも、いじめのリーダー格は三段目の雛壇に上がっており、その後ろに雛壇はなかった。M君は青白い顔をして、憎き相手の脳天を見下ろしていたという。

教師たちもそれに気づき、問題になったようで、卒業アルバムは回収され、異例の作り直しが行われた。

のちに同窓生からWさんが聞いた話によると、いじめを行っていた少年三人のうち、一人は卒業後、暴走族に加入してバイクを運転中に事故死を遂げた。

その後、二人目の少年が、高校卒業間際に単独で車を運転していて川に転落し、即死している。

リーダー格だった三人目の少年は東京の大学に進学したが、一年後に鬱病を患い、郷里に帰ってきて自殺した。M君と同じマンションの屋上から飛び降りたのである。落下した直後、通りかかった車によって頭を完全に轢き潰され、凄惨な最期だったらしい。

結局、三人とも成人になるまで生きることができなかった。

ガリ版の履歴書

ある会社が福島県に初めて営業所を設けた。二階建てアパートの一階一室を間借りしたもので、所長は他県の営業所長が兼任している。社員募集が行われ、営業職兼所長代理として四十五歳の男性Bさんが採用された。そのBさんから二〇一八年に伺った話である。

福島営業所では事務員の募集も行われ、何件か応募があった。所長代理として人事も担当することになったBさんは、郵送されてきた一通を見て、呆れ返ったという。

茶色の皺だらけになった封筒に履歴書が入っていた。その履歴書は、昨今では珍しくなった藁半紙にガリ版印刷したもので、何度も使い回したのか、封筒以上に皺だらけになっていた。名前は大河原牧子、住所は福島市内で、生年月日は昭和五十二年生まれの当時四十一歳、添付された写真には、髪をショートカットにした女性が写っていた。細面で目も鼻も口も小さくて、凹凸の少ない顔立ちである。

「こんなものを出す人が、今の御時世でもいるんだねえ」

他の営業社員たちに見せると、

「幾ら何でも、これはないですよねえ」

「変ですよ。非常識です」

「ちょっと、この人は、やめておいたほうがいいと思いますよ」

誰もが苦笑しながら、断るべきだと述べた。

「そうだよな」

Bさんは履歴書に書いてあった電話番号に断りの電話をかけたが、先方は出なかった。留守番電話の設定もされていない。そこで不採用通知を同封し、履歴書を普通郵便で送り返した。しかし、何となく気になったので、名前と住所と電話番号をメモ帳に控えておき、あとで再び同じ番号に電話をかけてみた。二回とも営業所の電話機からである。

今度は女性が出た。Bさんが会社名と自らの名字《みょうじ》、用件を伝えると、こう訊いてきた。

「それは、本当に母が送ったものなんですか？」

応募者のことを〈母〉と呼んだその声は、Bさんには若い女性のものとは思えなかった。履歴書の応募者が四十一歳の女性なら、その娘はせいぜい二十代の半ば頃が上限であろう。だが、その声は年配と思《おぼ》しき女性の声だったそうだ。

「本当に、母が送ったものなんですか？」

相手が同じことを訊いてきた。精神を病んでいるのかもしれない。

「お母様かどうかはわかりませんが、大河原牧子さんという方です。御住所宛てに履歴書を送り返させていただきましたので、御確認下さい」

面倒なことになりそうなので、Bさんはそれだけ告げると電話を切った。

数日後、Bさんの携帯電話に登録していない番号から着信があった。最近目にした記憶がある番号だったので、メモ帳を確認したところ、大河原牧子の電話番号である。

（なぜだ？　どうやって知ったんだよ？）

Bさんは営業所の電話機を使い、携帯電話の番号は教えていなかったので、薄気味悪く思えてきた。翌日にも同じ番号から着信があったが、出る気にならなかった。

営業所の事務員はなかなか条件に合った人材が見つからず、再募集を行った。

すると、何通か届いた封筒の中に、差出人が〈大河原牧子〉と書かれた一通があった。今度は〈履歴書在中〉と印刷された綺麗な封筒で、中身の履歴書も一般に販売されている用紙が使われている。けれども同姓同名で、住所も電話番号もまったく同じなのに、生年月日は昭和三十年生まれ、六十三歳と書かれており、年配の女性の顔写真が貼られていた。丸顔で目が大きく、団子鼻で唇が厚い。前に見た写真の〈大河原牧子〉とは明らかに別人の顔をしている。

初めから高齢者を雇うつもりはなかったし、一層気味が悪く思えてきたので、ただちに不採用通知と履歴書を普通郵便で送り返した。

そして大河原牧子が何者なのか、尚更気になったことから、インターネットの地図サイトでその住所を調べてみた。航空写真を見ると、そこは住宅地の中に一軒分だけ取り残されたような空き地であった。幾つかの地図サイトを使って、他の社員にも確認してもらったが、やはりその住所は空き地になっていた。

ただし、不採用通知と履歴書はどこへ届いたものか、返送されてこなかったという。

だが、実のところ、私（戸神）はここまで話を伺って、この内容を怪談として扱って良いものか否か、疑念を抱かずにはいられなかった。精神疾患のある人物による奇行に過ぎないのではないか、と思えてきたのである。郵便物に空き地の住所を書いても、転送届を提出していれば現住所へ転送される。知らせていない携帯電話の番号に着信があったことは確かに不気味だが、それを知る手段が何もないわけではない。とくに営業職は、顧客に携帯電話の番号を知らせることがある。その中の誰かが大河原牧子と知り合いで電話番号を教えたとすれば、着信があったとしても怪異ではあるまい。

しかし、Bさんの話はこれだけで終わらなかった。

福島営業所は前述したように、二階建てアパートの一階にある一室を借りている。このアパートは中央に階段があり、全四室でできている。階段を挟んで隣室は別の会社が入っており、二階の二室は住居用だが、どちらも空いていた。

履歴書の件から一週間後。Bさんが出勤すると、朝から何度も階段を上り下りする足音や二階を走り回る足音が聞こえてきた。外へ出てみたが、不動産業者などが出入りしている様子はない。二階の窓はいつものように厚手のカーテンが閉ざされていた。

「あの音、何かねえ？」

「えっ、どんな音ですか？」

「ほら、いま二階から聞こえてくる音さ」

「何も聞こえませんけど……」

他の社員たちには聞こえていないらしい。

その日、Bさんは内勤の業務があって、一人で夜遅くまで残業をしていた。それが片付いたので帰ろうとしたときのこと。部屋の電灯のスイッチは、玄関から少し入った位置の壁に設置されている。Bさんはスイッチを押して電灯を消した。室内が真っ暗になった瞬間、玄関の前に白いものが浮かび上がった。

（何だ、今のは!?）

すぐさま電灯を点けた。明るくなった室内には何もいない。

もう一度、電灯を消す。

（気のせいか……）

そのとき、高い所から重い物が床に落下したような物音が、背後から響いた。Bさんが振り返ると――。

部屋の奥に、真っ青な顔をした十歳くらいの少女が立っていた。小学校の体育着と思われる白い半袖のシャツを着て、黒いブルマーを穿いている。暗闇の中だというのに、全身が白っぽく光って、顔立ちまではっきり見えたという。Bさんは狼狽《うろた》えて、背中を玄関のドアに強くぶつけた。急いで部屋から逃げ出すと、ドアに鍵を掛ける。

（いるんだ、本当に！　ああいうものが！）

愛車はアパートの前にある駐車場に駐めてあった。それに乗り込んだBさんは、なぜかふと、運転席から二階を見上げてしまった。カーテンがわずかに開いていて、つい先程まで一階にいたはずの少女が窓際に立っている。無表情な顔をして、こちらを見下ろしていた。Bさんは急いで車を発進させ、自宅へ逃げ帰った。

翌朝、出勤するのが嫌で仕方がなかったが、我慢して職場のアパートへ向かうと、やはり二階のカーテンが少し開いている。営業所のドアは鍵が掛かっていた。他の社員が出勤してくるのを待ってドアを開け、一緒に部屋へ入った。室内に異状はなかった。

Bさんは昨夜のできごとを社員たちに話した。ところが、

「Bさん、働き過ぎてお疲れなんでしょう。今日は早く帰ったほうがいいですよ」

と、皆から憐《あわ》れむように言われた。

それでこの一件はこれ以上、社員たちに相談することもできなくなってしまった。その後、Bさんは一人で残業をしないようにしたせいか、新たな怪異とは遭遇していない。とはいえ、心に棘が刺さったように引っ掛かっていることが一つ、あるという。

あの夜、遭遇した少女のことだ。丸顔で目鼻立ちがはっきりしていて、履歴書に添付された写真の、六十三歳のほうの〈大河原牧子〉の顔とよく似ていた。祖母と孫のようにも、同一人物のようにも思えてくる。Bさんは彼女が何者なのか、何の目的があって彼やこの営業所に接触しようとしてきたのか、今でも気になってストレスを感じているが、依然として正体も目的も不明、とのことである。

来訪者たち

消費者相談センターとは、売買契約における揉めごとを解決するため、相談者に助言を与える公的機関のことで、日本全国の都道府県庁や市区町村役場などに設けられている。そこで働く消費生活相談員は、各役場の正規職員と、相談員資格を持った非常勤職員から構成されていることが多い。

これは関東地方の某市役所でのこと。三月下旬、木曜日に消費者相談センターの窓口に八十代後半くらいで、皺だらけの顔をした小柄な老婆が訪ねてきた。

「Pさんにお会いしたいのですが……」

この日、非常勤の相談員である四十代の女性Pさんは週休日であった。ここで働く非常勤職員は週四日勤務制なのである。代わりに五十代の女性所長、Wさんが応接すると、

「先日、電話で相談に乗っていただいた者です。お話を伺って、とても安心できたんです。たまたま他の用事で市役所まで来たから、御礼を申し上げたいと思いまして」

老婆が柔和な口振りで来意を説明した。Wさんが名前を聞いたところ、

「小野里。小野里と申します」

老婆は名字《みょうじ》を二回名乗った。W所長が「Pに伝えておきます」と約束すると、老婆は丁寧に礼を言い、深々と頭を下げて帰っていった。

翌日、W所長が出勤してきたPさんにそのことを話すと、Pさんは、

「はて？　お婆さんで、小野里さん……？　心当たりが、ないですねえ」

相談者の名前は記録簿に控えてあるので、調べてみたが、やはり載っていないという。

「おかしなこともあるものですね」

Pさんは苦笑いを浮かべた。このときはそれだけで済んだのだが……。

それから一週間後。またPさんの週休日である木曜日に、別の老婆が窓口に訪ねてきた。今度は七十代半ばくらいの、眼鏡を掛けた小太りな老婆だったが、柔和な笑顔で、

「先日、電話で相談に乗っていただいた者です。お話を聞いて、本当に安心できたんです。ちょうど別の用事で市役所まで来たから、お会いして、御礼を言いたいと思いまして」

先週の老婆とほぼ同じことを言う。窓口にいた職員が担当した相談員の名前を訊くと、

「Pさんです」

これまでに二度、電話で相談したことがあり、一度は他の相談員とも話したが、そちらの名前は忘れてしまった、とも語った。この日もW所長が代わりに応接した。

「本人に伝えておきます。お名前を伺ってもよろしいでしょうか？」

「川崎、と申します」

老婆は丁寧に礼を言い、深々と頭を下げて帰っていった。

翌日、W所長がそのことを知らせたところ、Pさんは当惑していた。〈川崎〉という老婆にも心当たりがない、というのである。

「どういうことなんでしょう？　休みの日に限って……」

「ううん……。幾らか惚けたお婆さんたちなのかなぁ？　会っているときは、まともそうに見えたんだけどね。でも、何でPさんの名前を知ってるのかしらねえ」

W所長も苦笑するばかりであった。

その日、職場でPさんが使っているパソコンが何の前触れもなく、急に故障した。おまけにPさんが職場のトイレに行くと、誰もいない手洗い場の自動水栓から水が流れ出て、十秒ほどして止まった。彼女は「目に見えない人が、手を洗っているようでしたよ」と他の相談員たちに語ったという。

四月になって最初の月曜日、Pさんはスマートフォンを通勤中に落として壊してしまった。月が変わってシフトも変わり、彼女は金曜日だ週休日となった。そのため彼女は木曜日に出勤しようとしたのだが、市役所の入口で突如、路上に倒れ込んだ。

あとから出勤してきた職員たちが駆け寄り、呼びかけたものの、俯せになったPさんは目を閉じていて応《こた》えなかった。救急車が呼ばれ、周りに人だかりができてゆく。

少し遅れて、W所長も出勤してきた。W所長は倒れているのがPさんであることに気づき、愕然としながら駆け寄ったが、先に来ていた職員や警備員が応急処置を始めており、何もできずに様子を見守っているしかなかった。

そのとき、W所長は人だかりの中に二人の老婆が並んで佇んでいることに気づいた。小野里と川崎だ。どちらも無表情な顔つきをして、Pさんを見下ろしている。

「あなたたちは……」

W所長は近づいて声をかけたが、二人の老婆は目を合わせようとせず、その姿は一瞬にして消えてしまった。

W所長は悲鳴を発しかけて、それを呑み込んだ。いや、悲鳴も出ないほどに驚愕していた。目の前で二人の姿が消えたというのに、他の人々からは何の反応もなかった。二人の姿が見えていなかったらしい。

Pさんは搬送された病院で死亡が確認された。死因は心筋梗塞であった。

W所長は、二人の老婆がPさんを迎えに来ていたように思えて、震駭《しんがい》したそうである。

笑うモノ

東京都在住のE子さんは、その頃、高校二年生であった。二月の休日、彼女は家族と一緒に一泊二日のスキー旅行に出かけた。場所は関東近郊の山奥にある某スキー場で、大きなホテルが隣接している。朝から東京を出発して、昼間のうちに現地へ到着した。この日を楽しみにしていた中学一年生の弟は、部屋に入るや身支度を速やかに整えて、

「姉ちゃん、先に行ってるよう！」

と、駆け出していった。両親も、中学一年生の息子を一人でスキー場に行かせるのは危険と判断したようで、急いで準備を整えると、慌てて跡を追いかけてゆく。

E子さんだけが急に静かになった部屋に取り残された。もっとも、小学生の頃からこのスキー場とホテルには毎年来ているので慣れており、一人になっても不安はなかった。ゆっくり身支度をしていると——。

部屋の外から足音が聞こえてきた。誰かが廊下を走ってくるらしい。E子さんは、慌ただしく出ていった弟が忘れ物をして取りに来たのかな、と思った。ちょうど身支度が済んだので、ドアを開けて廊下に顔を出し、足音が聞こえてくるほうへ目を向けた。

すると、長い廊下の向こうから、女が走ってくる。スキー場に来たのが楽しくて、追いかけっこでもしているのか、後ろを振り返りながら「アハハハハッ！」と笑い声を上げていた。ピンク色のスキーウェアを着ている。顔は見えなかったが、あどけなさを残した笑い声や仕草からして、E子さんは自分と近い年恰好の娘なのだろうと思った。

弟ではなかったので、E子さんは一旦部屋に戻ろうとした。だがそのとき、娘の様子がおかしいことに気づいた。ずっと後ろを向いたまま、長い髪を振り乱しながら、かなりの速さでこちらに向かってくるのだ。まったく前を見ていない。

（何でまっすぐ走れるの？）

訝しく思って、そのまま娘の姿を凝視し続けた。さらに距離が近づいてきたとき、E子さんは娘が単独で、追いかけてくる者はいないことを知った。後ろを振り向きながら走っていたわけでもない。胴体は前を向いて走っているのだが、顔があるはずの場所には髪に覆われた後頭部がある。その娘の頭部は一八〇度、後ろを向いていたのだ。

「アハハハハッ！　アハハハハッ！」

大きな笑い声を立てながら、E子さんがいる部屋の前を通り過ぎてゆく。

E子さんは娘の顔を見てやった。娘はそれに気づいたのか、五、六メートル先で立ち止まった。視線が合っても、依然として気が狂ったように笑い続けている。おまけに、頭のほうから髪の毛もろとも欠けてきて、顔が下半分だけになった。それでも「アッハッハッハッハッ！」と笑い続けている。やがて顔と頸がすべて欠けてしまうと、胴体と手足も雪が融けるように消えていった。

しかし、品のない笑い声だけはまだ聞こえてくる。E子さんは呆然としてしまい、娘の全身が完全に消え去ってからも、しばらくドアの前に佇んでいた。

そこへ母親が戻ってきた。E子さんがなかなか来ないので、様子を見に来たのだ。

「Eちゃん、どうしたの？」

母親に肩を叩かれ、ようやく我に返って動けるようになった。いつの間にか、笑い声はやんでいたそうである。

このときはこれだけで済んだのだが……。

同じ日の晩、スキーを終えてホテルに戻ったE子さんは、大浴場には行かず、部屋のバスルームで入浴を済ませた。バスタオルを身体に巻きつけ、バスルームから出て、脱衣所兼洗面所の壁に取りつけられた鏡を覗くと――。

鏡にはE子さんではなく、ピンク色のスキーウェアを着た別人の姿が映っていた。背中が見えるのに、顔が真正面を向いている。昼間遭遇した娘であった。長い髪は黒々と艶が

あり、目はぱっちりとして、肌は雪のように白く、愛らしい顔立ちをしていたのだが、

（うっ！）

E子さんが息を呑むと、娘は「アッハッハッハッハッ！」と笑い出した。その声を聞くうちに、どうしたものか、E子さんの記憶は途絶えてしまったという。

気がつくと、ベッドに寝かされていた。脱衣所で倒れていたそうだ。

「お湯にのぼせたのね」

と、母親から言われたが、そうではなかった。

それ以来、スキー旅行を終えて東京へ戻ってからも、この現象は起こるようになった。E子さんが自宅の鏡を覗くと、何の前触れもなく、あの娘の顔が映ることがある。そして娘の下品な笑い声を耳にすると、魂が抜けたように頭の中がぼんやりとしてしまう。大抵の場合は数分後、同じ場所に佇んだまま、我に返ることが多かったのだが……。

それまで一度も来たことがなかった埼玉県内の町を歩いていたことがある。財布を所持していたが、そこへ来るのに使ってしまったのか、三十円が入っていただけで、電車に乗って帰るには運賃がまるで足りなかった。道路標識を見て、自宅までは五十キロも離れていることがわかった。どうしたら良いのかわからず、携帯電話を持たずに出てきていたので、必死に電話ボックスを探して自宅へ電話をかけ、両親に迎えに来てもらったという。

その後、E子さんは同じ現象にしばしば悩まされるようになった。我に返ったときにいた町は、神奈川県や千葉県だったこともあり、いつも違っていたそうだ。何とか無事に帰ってくることができたが、

（いつか帰れなくなる日が来るかもしれない）

と、不安に思うようになった。

鏡を覗くことも苦手になった。冬が来て、家族といつものスキー場へ行くことになったときには、「あたし、もう絶対に行きたくない！」と主張した。それで毎年、家族の恒例行事として続けてきたスキー旅行は取りやめになったという。

この現象は高校を卒業すると頻繁には起こらなくなったが、二十歳を過ぎた現在もたまに起こることがあり、E子さんを悩ませ続けているそうだ。

黒達磨

達磨とはインドから中国に渡って禅宗の開祖となった僧侶、達磨大師のことである。したがって、本来の達磨大師像には人間と同じように手足があったのだが、玩具や置物の〈縁起達磨〉は座禅を組む姿をデフォルメしたもので、球形や楕円形、洋梨形などをしていて手足がない。球形のものは〈起き上がり小法師〉の影響を受けているようだ。地域によっては黒目がない状態で販売され、願かけをしながら左目を描き、それが叶ったときに右目を描く習慣がある。

また、主に赤い塗料が塗られるのは、インド人である達磨大師が赤い衣を着ていたことや、赤が魔除けの霊力を持つ色と考えられてきたため、とされている。

近畿地方の静かな町に暮らすM子さんは、その家に嫁いで二十余年が経ち、子供が二人いる。既に夫の両親は没しており、家屋が古くなったので建て直すことにした。将来のことも考えて、広い駐車場がある二世帯用の住宅を建てたが、庭が狭くなってしまった。

それから半年後、右隣の家で独り暮らしをしていた七十代の男性、Eさんがよそへ引っ越すことになった。原因がはっきりしない眼病で視力が著しく低下したため、息子夫婦と同居することにしたのだという。その家を手放したいというので、M子さん夫婦が買い取ることになった。初めは家屋を物置として使い、いずれは更地にして駐車場と家庭菜園にしたいと考えていた。

さて、隣家を買い取ってすぐにM子さんは、草に埋もれた庭に大きな石があることに気がついた。それは庭の隅の、境界を示すブロック塀の角に鎮座していた。球形に近い、直径およそ六十センチはある、黒ずんだ石である。前面の上半分に窪みがあり、その真ん中は逆に少し突き出ているので、顔があって鼻がついている——そんな風に見えるのだ。

（あの石、黒い達磨さんみたいやな）

どことなく〈縁起達磨〉に似ていると思い、M子さんは〈黒達磨〉と呼ぶことにした。

M子さんの友達に仕事で知り合った年配の女性がいる。年齢はひと回りも上だが、馬が合う人なので家に招いたところ、その女性は庭を見るなり、〈黒達磨〉を指差した。

「あの石、目があるわ。こっちを睨んでる。嫌な感じがするさかい、気ぃつけてな」

この女性は〈見える人〉なのである。彼女はお茶を一杯飲んだだけで、

「ごめんなさい。急に頭が痛《いと》なってきて……」

早々に帰ってしまった。

とはいえ、M子さんは彼女の話を鵜呑みにはできなかった。〈黒達磨〉に目があるようには見えないし、とくに嫌な雰囲気も感じないからだ。ただ、そういえば、家を建て替える前に高校時代からの友達、R美さんを招いたときも、

「裏庭の隅が、なんか怖い」

と、言われたことがある。

「何が、どう怖いん?」

「ようわからへんけど、何となく怖い感じがするんや。変なこと言うてごめんな」

確かに裏庭は日当たりが悪く、いつも湿っていて薄暗かった。R美さんはその雰囲気を不気味に感じただけだろう、とM子さんは思っていた。その裏庭は現在通路へと変わり、日当たりも良くなったが、ちょうど〈黒達磨〉から見て対角線上に当たる。

それから一年余りの間にこの近所で、事故や不幸なできごとが相次いで起こった。

M子さん宅の裏にある家は、仲が良かった夫婦が急に激しくいがみ合うようになって離婚し、その隣家は高校生の娘がトラックに轢かれて即死してしまった。道を歩けば若い男たちが振り返るような愛らしい娘だったが、内臓を潰され、頭が割れて路上一面に鮮血を撒き散らす凄惨な最期だったという。

M子さん宅の左隣にある家は、主《あるじ》が勤務先の工場で事故に遭い、重傷を負って病院に入

院している。この家には寝たきりの母親がいたが、放置されていたときに自力でトイレまで行こうとして転倒し、骨折したのが元で亡くなってしまった。そのことで主と妻は大喧嘩になり、妻が出ていった。のちに離婚が成立している。

それらの家はすべて〈黒達磨〉が顔を向けている方角に当たっていた。もちろん、M子さん宅もその中に含まれている。彼女はさほど気にしていなかったのだが、

「うちも悪いことが起こらへんかったら、ええんやけどなぁ……」

夫のN樹さんが不安を口にした。彼も〈黒達磨〉の話は聞いていたし、近所で事故や不幸が続くことが気になっていたらしい。N樹さんは買い取った土地の持ち主だったEさんと電話で連絡を取った。

Eさんは眼病がさらに悪化し、完全に失明していた。おまけに気になることを言い出した。

「元はと言えば、車を運転してたときに達磨みたいな形した、黒うて丸いもんが飛んでくるんが見えたんや。それがフロントガラスにぶつかってきて、すぐに消えたんで、変なもんを見たなぁ、と思うてたら、次の日から急に目が悪うなってきたんや」

なお、Eさんはその家を中古で買い取ったのだが、当時既に〈黒達磨〉は現在の場所にあり、どんな謂《いわ》れがあるかは何も知らないという。

「ほんなら、その前の持ち主のことは知らはりませんか？」

「それが、わからへんねん。不動産屋の仲介で買《こ》うただけやさかいなぁ」

Eさんが隣家を購入したのは、N樹さんが生まれる前だったそうで、両親や懇意にしていた近所の老人たちが死に絶えた今となっては、調べようがなかった。

Eさんの発病は隣家に住んでいたときのことで、M子さん宅の建て替えはその前に行っていた。つまり、一連のできごとはM子さん夫婦が家を建て替えてから起こり始めたことになる。それ以前は何事もなかったので、元来は〈黒達磨〉を鎮《しず》めていた何かがM子さん宅の敷地内にあったが、その存在に気づかず、建て替えの際に取り壊していたのかもしれない。しかし、今となってはそれが何だったのか、調べようがなかった。

隣家だった家屋は老朽化が進んでいるので壊して更地にしたいが、N樹さんは解体業者に頼むのを躊躇《ためら》っていた。そこでM子さんは友達のR美さんに相談してみた。すると家を訪ねてきてくれたR美さんは、〈黒達磨〉を見るなり、小さな悲鳴を上げた。

「睨んでるで！　大きい目が二つあるんや！　凄い怖い顔をしてる！」

R美さんは〈黒達磨〉と接触しているブロック塀に手を当てて、

「これだけでも、身体が痺れるわ」

と、青ざめた顔をしていたが、帰ってから熱を出して寝込んでしまった。

翌日、R美さんから電話がかかってきて、

「あの石を下手に処分するんは、やめたほうがええで。えらいことになるかも……」

そこまで言われたので、ようやくM子さんも不安になってきた。それでR美さんが快復してから、一緒にある大きな神社へ相談に行った。そこは山中の広い土地に社が幾つも点在している。

宮司に一部始終を説明すると、快く神社の敷地内で預かってくれるという。後日、M子さん宅でお祓いが行われ、〈黒達磨〉は無事に引き取られていったのだが……。

その前にM子さんは、宮司に疑問をぶつけてみた。

「あのう……何で、石から一番近くにある我が家だけが無事やったんでしょう?」

「それは、あなたがいらっしゃるから、かもしれません。あなたのように強い心をお持ちの方には、悪いものも近寄り難かったのでしょう」

目元の涼しい宮司はそう答えて、微笑んだ。

それ以来、目立った異変は起きていない。

招かれざる客

関東地方の某デパートでのこと、婦人服メーカーの小売店で販売員として働くDさんは、怪奇な現象と遭遇することが多い二十代の女性である。その日、彼女が店にいると、三十歳くらいの女性客がやってきた。上下グレーのスーツを着て、ショートカットの黒髪、中肉中背で、化粧が濃いわけでもなく、〈地味な会社員風〉に見えたという。

だが、その後ろに三体の人影が立っていた。いずれも全身血まみれ、砂まみれである。二体はワイシャツを着て、スラックスを穿いており、首がない。一体はTシャツにジーンズ姿で、人相がわからないほど、顔をぐちゃぐちゃに潰されている。三体とも長身で、体格もがっちりしており、男であることがわかった。

女性が服を見ながら移動すると、彼らもあとに続いて移動する。

(うわ、つきたくないな……)

Dさんはできれば近づきたくなかったが、同僚が休憩時間でいなかったので、やむを得ず、その女性客に歩み寄った。幸い、三体の人影が襲いかかってくる気配はなかった。

「どんな感じの服をお探しですか?」

Dさんが営業用の笑顔を作って話しかけると、女性客は初めのうちこそ、物静かな口調で答えていたが、途中で服を見るのをやめ、手提げ鞄からスマートフォンを取り出した。

「ねえ、お姉さん。これ、知ってます？」

電源を入れてアルバムを開き、ある画像を指で押すと、Dさんのほうに画面を向けた。

動画が始まって、乾ききった砂の上に破壊された建物の残骸が転がっている光景が映し出される。中東の町らしい。

「知り合いがメールで送ってくれたんですよ。気に入ったので、ダウンロードしたの」

凄惨な動画であった。路上に下半身が失われた人間の死体が、俯せに転がっている。カメラが死体に近づいてゆくと、首もなくなっていた。

場面が変わって、今度は瓦礫の中に死体が累々《るいるい》と並ぶ光景が映し出された。どれも傷だらけで血まみれ、手足や首が失われたものもある。成人男性が多いが、女性や子供も混ざっていた。

「これ、すっごく興奮するんです！　やばいんですよう！　ほら、よく見てえ！」

女性客は先程までとは別人のように目を怪しく光らせ、嬉々とした声で勧めてきた。

「あの……こういうの、ほんと、やめて下さい」

Dさんは我慢していたが、限界に達していた。

「そうだ！　メルアド教えて下さい！　お姉さんにも送ってあげるわ！」

「いやっ！　見たくないですっ！」

Dさんが強く拒むと、女性客はまた一変して憤怒の形相を浮かべた。眉を吊り上げてDさんを睨みつけ、無言で店から出ていった。三体の人影が足音も立てずについてゆく。

（あの人、とり憑かれちゃってるわ……）

Dさんは、このような現象と出くわすことはあっても、祓うことはできない。冷たいようだが、その女性客には二度と店に来てもらいたくない、と思った。


それから四、五日後。Dさんが自宅にいると、スマートフォンが鳴った。メールの受信を告げる音だ。差出人はとくに仲の良い女友達の名前であった。近頃はＬＩＮＥ《ライン》でやり取りしているので、あれ、珍しいな、と思いながらメールを開けてみると、件名はなく、本文は『これを見て！』とだけ記されており、写真の画像が二枚添付されていた。

（何かしら？）

Dさんは一枚目の写真を見て、スマートフォンを投げ出しそうになったほど驚いた。歩道に女性が俯せに倒れた姿が写っている。顔がこちらを向いており、頭が割れて鮮血が噴き出し、アスファルトの路面に血溜まりができていた。目を見開いているが、瞳が力なくどんよりと濁っている。

（この人、死んじゃってる……）

しかも、Dさんは女性が身に着けている衣服と髪形に見覚えがあった。上下グレーのスーツ、ショートカットの黒髪――先日、来店した客に違いない。二枚目の写真は少し離れた位置から撮影されたものらしく、女性の周りに野次馬が集まっている。ただし、女性にとり憑いていた三体の人影はどこにも写っていなかった。

Dさんはメールを送ってきた女友達に『何であんな写真を送ってきたの？』と返事を出したが、『何のこと？　私、今日はメールを送ってないよ』と先方も驚いているようであった。メールのやり取りをしただけでなく、電話でも話し合って、その女友達が本当にメールを送っていないことは確信できたそうである。

「でも、それなら誰が……？」

Dさんは恐ろしくなって、警察に相談することにした。

ところが、いざ出かける支度を済ませて、地元の警察署へ向かう前にもう一度、先程の写真を確認しようとすると、メールも写真も見つからない。スマートフォンから完全に消えてしまっていた。それでは警察に話しても信じてもらえないだろうと思い、相談するのは諦めざるを得なかった。

その後、地元近郊で女性が殺される事件か、あるいは死亡事故が起きた、という新聞記事やニュースを耳目にしたことはないので、おそらくあの女性は飛び降り自殺でも遂げたのではないか、とDさんは考えている。通常、自殺は報道されないからだ。

Dさんはあれから三体の人影とは遭遇していないが、どんな相手がどのような方法で女友達のメールアドレスを使い、あの写真を送ってきたのか、なぜメールごと写真が消滅したのか、何もわかっていない。ただただ、

（あたしにも中東の写真が送られてきたら、どうしよう）

と、今も不安に思っているという。

不幸を呼ぶモノ

四十代の女性Lさんが、高校生の頃から悩まされてきたことだという。彼女は中部地方某県の出身で、二つ年下の弟と、四つ年下の妹がいる。Lさんが高校一年生の頃、入浴していた弟が、急にタオルを腰に巻いただけの半裸で風呂場から飛び出してきた。

「お湯に浸かっていたら、手が出てきたっ！　首を絞められたんだよっ！」

ほっそりした色白の手がいきなり湯の中から出てきたそうで、物凄い力だったという。

翌日から弟は塞ぎ込んで学校へ行かなくなり、部屋に引き籠るようになってしまった。また、仏壇に飾られた曾祖母の遺影に水滴がつくことも頻発した。拭き取っても、翌朝にはまたついている。他の先祖の遺影もあるのに、それらには何も起きない。曾祖母の遺影も決まって顔の周りだけに水滴がつく。さらにLさんが一人で自室にいると、室内を歩き回るものの足音だけが聞こえてくる。気味が悪いので、夜になると家族は弟以外の全員が居間の畳に布団を並べて眠るようになった。

やがて妹の身に異変が発生した。家の近くに神社があり、境内の一部は子供向けの公園を兼ねていて、ブランコに滑り台、シーソーがある。Lさんは以前、弟妹とよくそこで遊んでいた。ある日の午後、当時は小学六年生だった妹が一人でブランコに乗っていると、本殿の前に若い女が現れ、笑いながら手を振ってきたという。誰かな？　と思っているうちに、女は本殿の裏手のほうへ行ってしまい、それきり姿を現すことはなかった。

「どんな人だったの？」

「髪が長くて、白い浴衣を着てたの。ただね……」

「ただ……何？」

「その人の顔、お姉ちゃんと似てたんだよね」

だが、Lさんはその時間帯にはまだ高校にいた。

その後も妹は、同じ女と度々出会っていたらしい。場所は神社に限らず、一人でいるときによく見かける。いつも笑顔で手を振ってから、建物の陰などに姿を隠すという。

そして真夜中、Lさんが眠れずにいると、隣の布団で熟睡していたはずの妹がやおら起き上がって、居間から出て行った。数分後に妹は居間に戻ってきて、布団に入り、しばらくするとまた起きて居間から出てゆく。同じ行動が一夜のうちに四、五回は繰り返された。

それが毎夜続いたので、

「よくトイレに行くのね」

Lさんが気になって声をかけると、妹は返事をしなかった。目を合わせようともしない。

そんなことが二夜続けて起きたことから、Lさんは不審に思い始めた。朝になってから「昨夜、何度も起きたのを覚えてる?」と訊ねると、

「あたしが?　ずっと寝てたわよ」

妹は何も覚えていなかった。夢遊病だったのである。

また、弟の一件があったので、Lさんは風呂に入るのが怖かったが、入らないわけにもいかず、我慢して入浴していた。ある晩、風呂上がりにドライヤーで髪を乾かそうと、脱衣所の鏡を覗いたところ――。

別の女の姿が映っていた。その女は白い浴衣を着て、漆黒の髪を乳房の下まで伸ばしている。Lさんはこのときピンク色のTシャツを着ており、生まれながらの栗色の髪をショートカットにしていた。彼女は悲鳴を上げて鏡の前から飛び退いた。

女がにやりと笑う。二十歳くらいで、その顔はLさんと姉妹のようによく似ていた。妹とはさほど似ていないが、母親ともよく似ている。

そんな女の顔に変化が生じた。額から下顎にかけて、刀で縦一文字に斬られたような裂け目が走った。そこから顔が二つに分かれて、左右の高さが変わってくる。その間も女はにたにたと笑い続けていた。Lさんは脱衣所たら逃げ出し、居間でテレビを見ていた両親に知らせた。ところが、父親はテレビの前から動こうとしないので、母親が一人で様子を

見に行ってくれた。

「もう、何もいないよ」

母親の声にLさんが行ってみると、確かに女はいなくなっていた。その夜は不安に思いながらも眠ったのだが……。

翌朝、目を覚ましたLさんは驚愕した。枕が血に染まっている。顔に手を当ててみると、掌に血がついてきた。眠っている間に大量の鼻血を出していたのである。

それからというもの、Lさんは毎日、鼻血を出すようになった。起きているときには何も起こらない。眠ると鼻血が噴き出してくるらしく、朝になって目が覚めると枕が血まみれになっている。呼吸が苦しくなりそうなものだが、知らぬ間に口から呼吸をしているようで、不思議と朝まで目が覚めることはなかった。しかし、枕カバーを毎日洗濯しなければならないし、枕の本体まで血が染み込んでしまう。そんな状態がひと月もの間、続いたそうだ。何度も病院へ行って診察と治療を受けたが、治らなかった。

もしかすると、あの女を見たことと関係があるのかもしれない、という話になり、Lさんの母親には拝み屋の知り合いがいたので、母親、Lさん、妹の三人でその家を訪れた。

拝み屋は初老の女性であった。

「御先祖にちゃんと供養をされていない方がいて、その方がとり憑いていています。御先祖も、この子たちなら何とかしてくれそうだ、と思った相手の前に出てくるものなんですよ」

妹に手を振ったり、鏡に映ったりした例の女のことらしい。

「だから、先祖供養をちゃんとしなさい。今から私がやりますが、御自分たちでも普段から供養を続けて下さい」

と、勧められた。数日かけて供養をしてもらうと、Lさんと妹の症状は治まった。

その後、二十二歳になったLさんは、職場で知り合った男性と結婚し、実家を出て新居を構えた。先祖供養も盆と彼岸、祖父母の命日には必ず墓参りを行っていたが、それでは足りなかったのか、二十七歳になったとき、またあの女が現れるようになった。時折、風呂場の鏡や寝室の姿見にLさんとは別の女の姿が映って、彼女を驚かせるのである。

同じ頃から夫との諍いが起きるようになった。夫はLさんが病気がちで、子供ができないことが不満だったらしく、他に女を作った。二十九歳で離婚したLさんは惨めで実家に帰れず、しばらくの間、愛車の中で寝起きしていたという。

おかげで体調を崩して、やむなく実家へ戻ったのだが、家族の暮らしは荒んでいた。

会社員だった父親が家族に内緒で仕事を辞めてしまい、退職金のほとんどを持ち出して行方を晦ましたのである。連絡がつかないように携帯電話の契約を解約するという周到さで、原因はよそに愛人を作り、その女と暮らすためであった。けれども、一年半ほどで病気に罹ると、愛人から見捨てられた。すると父親は何食わぬ顔で家に戻ってきたそうだ。

Ｌさん自身は離婚から三年後に知人の紹介で同い年の男性と知り合った。それが二番目の夫である。優しくて面白い人だと思い、結婚したが、実は外面が良いだけのギャンブル狂であった。結婚したとき、夫の両親は既に他界しており、認知症を患《わずら》った祖母がいた。夫はこの祖母の年金までもさまざまなギャンブルに注ぎ込んでいた。板前だったが、職場を次々に替え、ギャンブルで負けてばかりいるので、いつも借金を抱えていた。

Ｌさんは夫の持ち家に住み、義理の祖母の介護をしながら、借金を返済するべくパートタイマーとして働いていた。そんな生活を続けるうちに、また例の女が鏡に映るようになった。今度は鏡の中から女の手が伸び出してきて、Ｌさんの首を絞めようとする。Ｌさんは腰を抜かした。女の姿はまもなく消え失せたが、その日からＬさんは無性に、自殺したい、と思うようになった。毎日、首を吊って死んでいる自分の姿を想像してしまう。

（このままだと、あたし、本当に死ぬな……）

義理の祖母の病状が進み、特別養護老人ホームへの入所が決まるや、離婚したという。

実家では父親が借金を作りながら、また女遊びに耽っていた。弟は就職したが、長続きせず、再び部屋に引き籠っている。もはやＬさんが帰れる家ではなくなっていた。そこで派遣会社に登録し、ワンルームのアパートを借りて独り暮らしを始めた。

だが、一年後に問題が発生する。同じ会社から事務員として派遣されていた女が勤務先の金を横領したことから、当人のみならず、派遣会社ごと契約を打ち切られたのである。他の仕事を探したが、この地域はブラジル人が多く、いつも仕事の争奪戦に敗れていた。

(日本人が、日本国内で外国人に仕事を取られるなんて……)

ひどい屈辱を覚え、打ちのめされた。もう売春以外なら何でもいい——早く次の仕事に就きたかった。そのうちに他県にある個人経営のリゾートホテルが、住み込みのアルバイト社員を募集していることを知った。地元にいるのが嫌になっていたことと、宿舎があることに惹かれて一年契約で働き始めたのだが、食事の配膳、皿洗いから部屋の清掃まで、ひと月以上も休みなしで午前六時から午後十時過ぎまで働かされて、給料は十五万円であった。既に帰る場所はないので我慢していたものの、

(これじゃあ、過労死するかもしれないな。でも、それならもう死んでもいいや)

自暴自棄になっていた矢先、一緒に働いていた年配の女性から見合いを勧められた。

「知り合いの息子さんが独身で、Lさんとちょうどいい年頃かと思ってね」

この女性は地元に長年住んでいて、自宅から通勤していた。どんなに忙しいときでも、仕事でわからないことを訊くと、微笑みながら丁寧に教えてくれる。

(この人の紹介なら、前の旦那みたいな悪い人じゃなさそうね)

Lさんは見合いに応じた。縁談は進んで、三十九歳のときにLさんは現在の夫と結婚している。それを切っ掛けに条件の悪い仕事を辞め、静岡県の海と富士山が臨める場所に自宅を持つことができた。ようやく幸せになれるかと思ったのだが……。

結婚してから半年後、妹から電話がかかってきた。こんな話を聞かされたという。

同じ頃、実家では気苦労が絶えなかった母親が認知症を患っていた。同じことを何度も訊き、約束したことを忘れ、「家に泥棒が入った」などと、事実でないことを言い出す。

弟と妹はずっと独身で実家に住み続けていた。妹はかなり以前から自室で寝起きするようになっていたが、夏の夜、タオルケットを身体に掛けて眠っていると、頬の痛みで目が覚めた。見ればベッドの脇に白い浴衣を着た、髪の長い女が立っている。灯りをすべて消した暗闇の中だが、なぜかその容姿がはっきりと見えた。小中学生の頃によく見かけた、先祖の一人とされる女であろう。妹はその女から頬を強くつねられていた。びっくりして起き上がろうとしたが、身体が動かない。

女は昔と同じように笑っていた。そして拳を握ると、身動きができずにいる妹の下腹に、それを押しつけてきた。力を込めて、ぎりぎりぎりっ……と拳を回す。

（うう、うっ！　痛い！）

妹はこのとき初めて気づいた。女は一見、口を開けて笑っていたが、大きく見開いた両目は些かも笑っておらず、鷹の目のように眼光鋭くこちらを見下ろしていたのである。

三分ほど経つと女の姿は消え、妹の身体は動くようになったものの、下腹には激痛が残っていた。我慢できずに翌日、病院へ行くと、検査を受けるように勧められた。その結果、子宮と卵巣に癌ができていることがわかったという。

後日、妹の癌は手術によって取り除くことができた。しかし、のちに大腸癌も見つかって手術を受けている。ひどく痩せてしまい、日頃から体調不良に悩まされているそうだ。

一方、Lさんは子供が欲しいと思っていたが、なかなか妊娠しなかった。病院で不妊治療を受けても駄目で、年齢も四十歳を過ぎて焦りが出てくる。

ある夜、眠っていたLさんはこんな夢を見た。

昔、何度か鏡に映ったことのある、白い浴衣を着た女がいる。もう一人、少し年上の姉か従姉かと思われる、よく似た風貌の女が出てくる。そちらが丁髷《ちょんまげ》を結った侍らしき男と屋敷に暮らしている。白い浴衣の女は二人を物陰から睨んで、唇を噛む。

何と言っているのかは聞き取れなかったが、女の叫び声が響き渡って、夢が唐突に終わり、目が覚めた。妹のこともあったのでLさんは心底から恐ろしく思った。

今度は近いうちに自分が癌か、認知症になるのではないか、子供もできないのではないか、と不安になったLさんは、知人に加持祈祷ができる行者を紹介してもらった。予約を入れて行ってみると、そこは一軒家の道場で、行者は法衣を着た初老の男性であった。

「あんた、呪詛がかかってるよ。あんたのお母さんの家系の先祖に、身内同士で男の取り合いをした者たちがいる」

言われてみれば、Lさんの父親は婿養子で、本来ならば母親が一族の当主に当たる。

「その争いに負けたほう、つまり直系ではないほうが、女だけを呪う呪詛をかけて、そのまま死んでるよ。不幸になる呪詛を、だ。絶対に幸せにさせない、幸せになったら、一番いいところで潰してやろうというんだ。だから、あんたん家《ち》は、女がみんな苦労してる」

行者の口調は厳しいものであった。

(それが本当なら、あたし、また離婚することになるかもしれない!)

現在の夫に不満はないし、もう離婚するのは嫌なので、Lさんは行者から加持祈祷を受け、勧められるまま、先祖供養に励むことにした。

その甲斐あってか、結婚生活は四十代後半になった現在も無事に続いている。だが、依然として妊娠することはなく、子供を産むことは諦めざるを得なかったそうである。

死霊ノ土地

四十代の女性Vさんは、中学一年生のときに父親の転勤で石川県に引っ越してきた。勤務先の会社が、空家になっていた社長の実家を社宅として貸してくれたそうである。周りを田畑に囲まれた古い木造の二階建てで、庭が広い。玄関のすぐ左手に、赤い絨毯が敷かれた八畳ほどの洋間があった。あとから増設した部屋らしく、他の部屋よりも綺麗で日当たりも良さそうなので、Vさんはすっかり気に入ってしまった。

(ここを私の部屋にできたらいいなぁ)

同じ日の夕方、父親の上司である総務部長が、酒や菓子を持って引っ越し祝いに来てくれた。そのとき、近くにある神社の神主が同行してきたという。

(あの神主さん、何で家に来たんだろう?)

Vさんが不審に思っていると、神主は玄関先で祝詞《のりと》らしき言葉を唱えていた。そして赤い絨毯の洋間に御札を貼る。その様子を眺めていた総務部長が父親に告げた。

「あの赤い部屋では、寝泊まりするなよ」

「どうして、ですか?」

「生き霊がとり憑いているそうなんだ」

おかげでVさんは洋間を自室にすることができなかった。この家は玄関の正面に廊下を挟んで居間がある。居間には昔ながらの囲炉裏があって、情趣を醸し出していた。その奥に台所や風呂、トイレがある。居間の横に廊下が続いていて、その突き当たりにある昼間でも暗い和室がVさんに宛てがわれ、彼女を失望させた。

こうして初めて訪れた土地での、新しい生活が始まったのだが……。

Vさんには三つ年上の兄がいて、二階の和室が彼の部屋になった。Vさんの部屋の隣に急な階段があって二階へ続いているのだが、なぜか途中の壁に引き戸がついている。Vさんは二階が何となく陰気に感じられて嫌だったので、なるべく階段を上らないようにしていた。引き戸を開けてみたこともなかったそうだ。

その階段の真下にも小部屋があった。やはり引き戸が閉ざされている。父親の話によれば、家主である社長のI氏から総務部長を通して、

「あそこも絶対に入ってはいかん」

と、注意を受けていたという。

それでも、同じ年の暮れに大掃除をしたとき、母親が「入るなと言われても、たまには空気の入れ換えをしないとね」と引き戸を開けてしまったことがあった。掃除を手伝って

いたVさんは、母親がその場から離れると、好奇心に駆られて中を覗いてみた。すると、四畳半ほどの室内には、熊、狐、狸、牡鹿《おじか》、ムササビ、キジ、ヤマドリなどの剥製や日本人形が押し込まれるように並んでいた。それらが血の通っていない冷たい目で、一斉にこちらを見つめてきたような気がして、Vさんはたじろいだ。

（うわあ。嫌な感じの部屋だなぁ……）

そう思った直後であった。足の踏み場もない小部屋の隅に、猟銃を手にした長身の男が出現した。黒いジャンパーを着て、黒いコーデュロイのズボンを穿いた、黒ずくめの服装をしている。五十代後半くらいで、髪は薄く、顔は角張っていて、眼光が鋭い。Vさんを睨みつけたかと思うと、猟銃を構えて銃口をこちらに向けてきたという。

（撃たれる!?）

Vさんは怖気《おじけ》づいて声が出なくなり、腰を抜かして廊下に座り込んでしまった。男はそれを見ると、猟銃を下ろして冷笑を浮かべてから、歩き出した。剥製や人形を擦り抜けながら室内を横切って、壁の中に消えていった。

「どうしたの？」

母親が引き返してきたが、Vさんは全身が震えて足腰に力が入らず、三分以上も立ち上がることができなかった。遭遇した男のことを家族に話すと、兄も語り出した。

「Vを怖がらせたくないから黙っていたんだけど、階段に知らない小母《おば》さんが立っていることがあるんだ。俺は何度も見てるよ。いつもそのうち消えちゃうんだけどね」

現れるのは四十代後半くらいの太った女で、服装や髪形などはその度に変わるのだが、鼻の下に黒子《ほくろ》があることから、同じ女のようだという。

それを聞いた父親も気になったようで、年が明けてから会社の新年会が行われたとき、総務部長に探りを入れてみたらしい。ある程度は予想していたことだが、総務部長は眉を顰め、「とにかく、気をつけてくれ」と言うばかりで、詳しいことは何も教えてくれなかった。しかし、同席していた古株の先輩社員が「俺も又聞きなんだけどな……」と、あとになって他の社員がいないところで、こんな話をしてくれた。


社長であるI氏の家は代々資産家なのだが、I氏には三つ年上の兄がいる。この兄が子供の頃から乱暴者で、次々に問題を引き起こす。成人になっても女とギャンブルに入れ込んで定職に就かずにいたことから、父親である先代社長は次男のI氏に後を継がせた。住んでいた土地家屋もI氏に引き継がせている。

財産は兄にも遺したのだが、兄とその妻は快く思わず、さまざまな嫌がらせをI氏に仕掛けてきた。I氏が弁護士を雇って、「警察に訴えるか、裁判を起こす」と伝えると、嫌がらせはやんだ。その代わり、今度はかつて兄も住んでいたあの家に夫婦で生き霊となって現れるようになったのだという。

過去にも何組か、あの家を社宅として使った家族がいたが、住人が洋間で寝ていると、夜中に兄が現れ、馬乗りになってライフル銃の銃身を喉に押しつけてくる。

階段の下にある小部屋は、兄が趣味にしている狩猟で得た獲物を飾っていた収納庫で、剥製を残していった理由は、「これからも沢山の獲物を殺《や》るから。古い剥製なんかどうでもいい」ということらしい。小部屋に入るとライフル銃を向けて襲いかかってくる、ともいわれている。実弾で撃たれるわけではないが、遭遇した社員は重度の鬱病になってしまい、会社を辞めた。他の社員の妻が若くして胃癌を患い、病死したこともあった。三年以上住んだ家族はいないそうである。


「春になったら、新しい住まいを探そうと思う」

父親はVさんたちに事情を伝えて、そう宣言した。こうして一家は、社宅には一年ほど住んだだけで、別の建て売り住宅に引っ越した。

それから長い年月が経過し、Vさんは結婚して、よそに所帯を構えた。年老いた父親は会社を退職した。さらに長い年月が経って、既に社長職から退いていたI氏が大往生を遂げている。知らせを受けた父親は葬儀に参列した。その際にI氏の息子から、I氏の兄が既に亡くなっていることを耳にしたそうだ。

後日、Vさんは父親と会ったときにその話を聞かされたので、

「じゃあ、もう生き霊も出なくなったんだろうねえ」

と、笑った。

ところが、最近になって、Vさんはたまたま別の用事で昔住んでいた社宅の近くへ行く機会があった。今となっては、むしろ懐かしい気がしたので、立ち寄ってみようと思い、

(この辺だったかな……)

車を走らせると、そこは家屋が取り壊され、更地になっていた。あまり手入れがされていないらしく、人の背丈ほどまで伸びた雑草が生い茂っている。

その草薮が揺れ動いたかと思うと、出し抜けに背の高い男が現れた。黒ずくめの服装で、角張った顔をしており、猟銃を手にしている。鋭い目つきでこちらを睨みつけてきた。遠い昔、この土地に建っていた社宅で遭遇した、あの男だ。年も取っていない。

Vさんは三十数年前と同じように、腰を抜かしてしまった。車の座席に座っていたので、尻餅をつくことはなかったが、危うくアクセルを踏み込んで隣の田んぼに突っ込み、事故を起こすところであった。男は唇の片端を吊り上げ、にやりと狡そうな笑みを浮かべてか

ら、姿を消した。草薮に隠れたのではなく、本当に消え失せたのである。

（生き霊が、死霊になることがあるなんて……）

Vさんは身体の震えが治まると、急いで車を発進させ、その場から逃げ去ったが、男が見せた笑みが脳裏に焼きついてしまった。一生忘れられないかもしれない、という。

寂しがり屋の恋

東京都出身在住の女性A子さんは、小学生の頃に父親を交通事故で亡くし、母親と二人で暮らしてきた。高校を卒業して専門学校へ進み、卒業後にアパレルメーカーで正社員として働き始めた。それから一年ほど経って、専門学校の一年先輩だった男性Y一さんと交際するようになった。Y一さんがたまたま店に服を買いに来て再会し、その後、度々来店するようになり、「今度、食事に行かないか」と誘われたのだ。

Y一さんは専門学校時代に他の女性と付き合っていた。どんな相手かは知らないが、学友から噂を聞いたことがある。

「前の彼女とは、もう別れたんだよ」

Y一さんはそうつけ加えた。

A子さんはその言葉を信じて交際を始めたが、のちに会社員であるY一さんは福岡県への転勤を命じられた。やむなく一年余り遠距離恋愛をしていたが、A子さんは次第に、福岡県へ行ってY一さんと一緒に暮らしたい、と思うようになった。母親は仕事柄、東京から離れることはできない。ここまで育ててくれた母親を独りにするのはつらかったし、申

し訳ないと思ったが、

「お母さん。あたし、福岡へ行きたいんだけど……」

打ち明けると母親は「そう……」と表情を曇らせた。しかし、すぐに微笑んで、

「Aちゃんが一番やりたいと思ったことをやったらいいのよ。後悔しないように、ね」

と、応援してくれた。

A子さんは仕事を辞めて福岡へ行き、Y一さんと婚約してアパートで同棲を始めた。仕事はアルバイトになってしまうが、デパートに入っている衣料品小売店で働けることになった。新しい職場では年齢の近い仲間もできて、何もかもが順調に思えたという。

冬の宵、デパートが閉店時間を迎えたときのこと。A子さんは同僚の女性とともに帰り支度を済ませ、更衣室でストーブに当たりながら退勤時間が来るのを待っていた。店は既に閉めてある。同じ階の他店舗もすべて閉店していた。二人が雑談をしていると――。

試着室のほうから、カーテンを引く音が聞こえてきた。二回続けて聞こえたという。

「今、カーテンの音がしませんでしたか？」

「しましたよね。誰かおるとやろか？」

関係者以外の人間が居残っていて、悪さをされては敵わない。二人が様子を見に行くと、試着室周辺に人気はなかった。このときはそれだけで済んだのだが……。

退勤後、夕食用に弁当を二個買って帰宅すると、Y一さんから「たまにはA子の手料理が食べたいな」と言われたので、「あたしだって働いてるのよ!」と言い返すと、「わかってるよ! だけど、怒らなくてもいいだろう!」と口論になった。

その後、毎日些細なことから言い争うようになってしまった。互いに相手の言動が気に障って、次第に口もきかなくなり、結婚どころか同棲を続けることも難しくなってきたので、一旦別居して頭を冷やそう、ということになった。つまりは婚約解消である。こうなると福岡に住み続ける理由もなくなってしまい、新しい職場に不満はなかったものの、A子さんは春が来る前に退職して東京の実家へ戻った。

母親に怒られることを覚悟していたが、母親はひと言も文句を言わず、A子さんが好きなクリームシチューを沢山作って迎えてくれたという。

(思えばお母さんは、お父さんが亡くなってから、再婚もしないでずっと苦労してきたんだよね。今度はあたしが幸せにしてあげなくちゃ……)

A子さんは東京都内で新しい仕事を見つけて働き始めた。そして母親と国内旅行をしたり、外食に行ったりすることが多くなった。気分転換に、自宅近くにあるフィットネスクラブにも通い始めた。

ところが、そこに通う道が晴天の昼間でも、何やら薄暗く感じられる。夜も街灯が立ち並んでいて、真っ暗な場所はないのに、やけに暗い気がする。道のそちこちに黒い煙がどんよりと蟠《わだかま》っているかのようだ。そのせいか、クラブで身体を動かしている間は楽しいのだが、行き帰りは憂鬱になる。そんな生活が三ヶ月ほど続いたあと――。

A子さんは、黒い人影を目にするようになった。初めは黒い煙が人の形のように見えているだけかと思ったが、日が経つうちにはっきりとした人体の輪郭になってきた。それは街角に立っていて、緩々《ゆるゆる》とこちらに近づいてくる。気味が悪いので走って逃げれば、追いかけてくることはない。けれども、次第にクラブへ通う道筋のみならず、どこへ行っても現れるようになった。どうやら、待ち伏せされているらしい。

その上、黒い人影は大胆にも真正面から接近してきて、話しかけてくるようになった。ぼそぼそと喋るので、何を言っているのかは聞き取れないが、顔に当たる部分に口らしき穴があり、それが開閉して声を発していた。A子さんは身を翻して逃走したという。

「元気がないみたいだけど、大丈夫？　疲れてるんじゃない？」

夕食のとき、母親が訊いてきた。

A子さんは母親を心配させたくなかったが、隠しごとは良くないと思い、黒い人影のことを語った。口外してみると、馬鹿げた作り話のように思えてきて、恥ずかしくなった。

「まあ。そんなことが……」

母親は否定も笑いもしなかった。しかし、やはり心配をかけてしまったようで、A子さんはそれから時折、母親が物思いに耽っている姿を目にするようになった。

そんな状態が一ヶ月余り続いた頃。仕事帰りの街灯に照らされた夜道で、A子さんはまたしても黒い人影と遭遇した。街路樹の陰から出てきて、身体を左右に振りながら近づいてくる。A子さんは立ち止まった。逃げようかと思ったが、よく見ると、相手の両足は地面から少し宙に浮いていて、頭のてっぺんはA子さんの目の位置辺りにあった。自分よりも相手の背が低いことに気づいて、A子さんの恐怖心は薄らいだ。

（ああ、もう！　こいつのせいで！）

憎らしくなって、人影の鳩尾《みぞおち》の辺りに、フィットネスクラブのボクササイズで習った右ストレートを打ち込んだ。手応えがあり、人影は上体を屈めて、ひゅう、と苦しそうに息を吐いてから消滅した。

（やった、のかな……？）

A子さんは鼓動の高鳴りを耳にしながら、家路を急いだ。帰宅するまでに黒い人影が現れることはなかった。

翌日からの二日間は無事に済んだ。三日目は仕事が休みなので、昼間からフィットネスクラブへ行ったが、その道筋で見える景色はすっかり変わっていた。

（晴れた日の空って、こんなに綺麗で明るかったのねえ！）

当たり前のことがこの上なく、ありがたいものに感じられる。確証はなかったが、あの黒い人影に悩まされることは、もう二度とないに違いない、と思えてきた。

だが、夕方近くになって家に帰ると――。

「ただいま」と声をかけたが、母親からの返事がない。この日は母親も仕事が休みで、家にいるはずであった。買い物にでも行ったのかな、と思いながら台所へ行ってみると、流し台の前の床に、母親が横向きに倒れていた。

「お母さん！」

A子さんは母親に駆け寄ろうとしたが、びくりと立ち止まった。母親の近くに見知らぬ女が立っていることに気づいたからだ。年の頃は二十代の半ばくらい、A子さんと同世代に見える小柄な女であった。喪服のような半袖の黒いワンピースを着て、黒いタイツを穿いている。血色が悪い痩せた女で、険しい表情をしていた。

「あ、あなたは……？」

女は返事をせず、A子さんに鋭い視線をぶつけてきた。そして白い肌が剥き出しになった両腕を裏返すと、こちらに差し出してくる。手首の裏側には何条ものリストカットの傷痕が残されていた。

女の無遠慮な目つきにA子さんは戸惑いながらも、「誰？」と問うた。女は答えず、人の形をした黒い影へと変わってゆき、その姿を消した。

A子さんは呆然としたが、少しして我に返ると、母親に駆け寄った。母親は白目を剥いていて、呼びかけても反応がなく、呼吸をしていなかった。救急車を呼んだものの、救急隊員が到着したときには心肺停止状態で、手当てを受けても蘇生しなかったという。

死因は心筋梗塞とされた。けれども、心臓が悪い、という話は聞いていなかった。

(きっと、あの女に呪い殺されたんだわ)

A子さんはこれで家族全員を失ってしまった。悲嘆に暮れていたところへ、スマートフォンに電話がかかってきた。Y一さんからだ。A子さんは母親の死を口にすると、悲しみを抑えられなくなって泣き出してしまった。

「そうだったのか……。そういうことなら……」

Y一さんは休暇を取って、東京へ来てくれることになった。

また、母親には遠く離れた地方に弟——A子さんにとっては叔父——が一人いる。電話で知らせると、その叔父夫婦も翌日には駆けつけてきてくれた。おかげで葬儀や煩雑な手続きは、何とか済ませることができた。

Y一さんとは、これを機に縒《よ》りが戻ることになった。A子さんは思い切って、これまでの一部始終をぶちまけて相談した。すると、Y一さんの顔色が変わった。

「両手に、リストカットの痕があったのか？」

「うん……。何か、心当たりがあるの？」

「たぶん、最初の彼女だよ。できればこんな話、A子にはしたくなかったんだが……」

Y一さんが言い難そうに語った話によると――。

彼は専門学校一年生のときに同級生の女子Cと付き合い始めた。どちらも容姿に惹かれたのが切っ掛けだったが、Cは「あたし、さみしいの」と言う以外はいつも無口で、何を考えているのかよくわからない娘であった。待ち合わせには必ず三十分以上も遅刻する。冗談を言っても笑わない。趣味は〈某インディーズバンドのライブに行くこと〉だそうで、Y一さんは興味がないそのバンドの曲を無理して聴いたものの、共感できなかった。結局、一緒にいても楽しくないので、二ケ月ほどで別れることになると、Cからスマートフォンにメールが送られてきた。

『ちょっと訊きたいことがあるんだけど』

『何？』

『好きな数字を教えて』

『七。ラッキーセブンの七』

二十分ほど経って、返信のメールが送られてきた。

『私たちの関係は、学校のみんなには絶対に言わないでほしい。約束してもらうために、Y一君が一番嫌がることをしました。七秒間、カッターを炙って手首を切りました』

そのメールには画像が添付されていた。黒く焦げたカッターナイフの刃と血まみれの手首が写っている。とはいえ、既に一部の同級生は二人の関係に気づいていた。のちに共通の学友から聞いた話だが、Cは卒業後もその画像を保存していて、それを開く度にスマートフォンが誤作動を起こすのだという。リストカットも繰り返しており、両手首が傷だらけになっているらしい。

「僕は次の彼女とも一年ちょっとしか続かなかった。Cに呪われているようなんだ」

Y一さんはアルバイト先で次の彼女と知り合った。付き合い始めてから、彼女の誕生日に指輪を贈ったところ、買ったばかりだというのに、宝石に罅《ひび》が入ってしまった。そして彼女が、黒い人影を見るようになった、と言い出した。それから二人は会う度につまらぬことで口喧嘩をするようになり、互いに疲弊して別れたそうである。怪奇な現象に詳しい友人に事情を話したところ、

「それは、前の彼女の生き霊かもしれない。凄い寂しがり屋だったんだろ。別れてからもずっとおまえに未練があって、嫉妬して嫌がらせをしてきたんじゃないか」

という答えが返ってきた。

さらにY一さんは、福岡に転勤した頃から、Cの姿を職場やアパート付近で何度か目撃するようになったそうだ。新しい職場と住まいをどうやって調べ出したのかはわからないが、Cにまちがいなかった。一度は近づいて、

「何をしに来た？　一体、どういうつもりなんだ？　おまえとの関係は何年も前に切ったはずだろう！」

と、問い質したことがある。Cは何も答えず、いきなり逃げ出して人込みに紛れ込んだ。以前から痩せていたが、より痩せこけて目の下に隈が浮かび上がっていた。

それからしばらくの間、CはY一さんの前に現れなくなっていた。だが、つい先日、仕事帰りの街角で久しぶりにこちらを見つめているCの存在に気づいた。Y一さんはまた追い払うつもりで近づこうとしたが、その前にCの姿は消えてしまった。周りに隠れられる場所はなかったことから、

（今のが生き霊なのか！）

Y一さんは仰天し、学生時代の友人が語った話を思い出した。それが事実であれば、A子さんと不仲になった原因もCと関連しているのかもしれない。Y一さんはA子さんの身が心配になって、電話をかけてきたのだという。

「その女が、何であたしのことを……？　それに、お母さんまで……。あたしやお母さんが、その女に何をしたっていうのよ？」

「ん……。とにかく、Cを知っている友達に行方を訊いてみるよ。このままあいつの好きなようにはさせない」

往々にして、恋人や配偶者を奪われると、男は自分を裏切った女を憎み、女は相手の女を憎むといわれている。時代による違いや個人差もあるのだろうが、Cの場合はその例に近い。ただし、CはY一さんとはごく短期間の交際をして、何年も前に別れているのだ。それでも嫉妬してA子さんの前に現れ、その母親まで襲ったことは、理解に苦しむ行動と言わざるを得ない。

Y一さんは既にCの住所や電話番号を控えたデータを廃棄していた。そこで大勢の友人知人に頼んでCの連絡先を調べ出した。しかし、皆が知るCのスマートフォンの電話番号は既に使われていなかった。実家の番号に電話をかけても別人が出て、「それは前にこの番号を使っていた人らしいですよ」と言われた。今のところ、Cの行方はわかっておらず、現在生きているのかどうかも不明である。

取り敢えずA子さんは、Y一さんとある有名な神社で御祓いを受けた。A子さんは最愛の母親を失い、Cのことを憎んでいるが、生き霊が相手では殺人罪は成立しないし、民事裁判を起こすこともできない。無念の思いを抱き続けるしかなかった。

御祓いの効果があったのか、Cの生き霊は一時、現れなくなったそうだが……。

それから、およそ半年後。

Y一さんは東京の本社へ戻れることになった。その知らせを受け、再び婚約してから、A子さんはまたしてもCと思しき黒い人影と遭遇するようになった。遠くからこちらを見ているだけなのだが、日ごとに近づいてきている。Y一さんに伝えると、

「結婚までにCを見つけ出して、話をつけるよ。こんな馬鹿なことは絶対にやめさせる」

彼はそう約束してくれた。

しかし、生身のCの行方は未だにわかっていない。それにA子さんは、もしもCを発見できたとしても、話し合いが通じる相手なのか、話し合えば生き霊が現れなくなるのか、疑問なのだという。今後も生き霊となって現れ続けるなら、そのときは今度こそ、

（Cの両親を見つけ出して、どちらも殺して、復讐してやりたい）

と、A子さんは思っているそうだ。

あとがき　――バブル期のアパート

これは昨年（二〇一八年）、「高崎怪談会」を高崎市の成田山高崎分院光徳寺で行ったときに伺った話である。会場は本堂の隣にある太子堂と呼ばれる建物で、参加者は菓子や飲み物を囲んで車座に座り、時計と逆の左回りで順番に語ってゆく、というルールであった。語り手は三十代の女性M子さん、彼女が知人の女性Aさんから聞いた話だという。

バブル経済の時代、Aさんは東京都葛飾区に住んでいた。夫と自営業を営んでおり、その両親と同居していたが、〈嫁と姑のいざこざ〉があったため、夫と家を出てアパートを借りることにした。大家はAさんの知人で、ちょうどひと部屋空いていたそうだ。

「ここ、怖えなぁ。出るんだよ」

入居から日ならずして、夫が不平を口にした。夫は〈見えてしまう人〉なのである。

「えっ。どんなのが出るの？」

「そいつは言えない」

夫は眉間に皺を寄せながら答えた。だが、二人の商売は以前よりも好調で、一年間で二千万円が貯まった。代わりに夫は憂鬱そうな顔をすることが多くなった。

「さっき、また出たんだよ、あいつが」

「お金が儲かってる、ってことは、座敷童子でもいるの？」

「そうなのかな、あれが……？　でも、見た目はまったく別のもんだぞ」

「どんなものか、教えてよ。何がこの家にいるのか、気になるじゃない」

「そいつぁ言えねえよ。あんな、おっかねえもののことなんて……」

夫は〈おっか〉に力を込めて発音し、これまでに見せたことがないような渋面を作った。

その頃から夫に大きな変化が生じた。以前は付き合いでしか酒を飲まなかったのに、「素面《しらふ》でこんな家に住んでいられるかよ！」と毎晩酒浸りになってしまったのだ。

商売は依然として順調だったが、夫が毎晩、酔い潰れるまで痛飲しては「こんな家、もういたくねえ！」と騒ぐので、やむなく二年間住んでよそへ引っ越した。

すると、夫の飲酒癖は治まり、表情も明るくなった。ただし、まだ好景気が続いていたにも拘らず、商売の利益は激減している。

ところで、このアパートの前の住人夫妻も、Aさんの知人であった。大家と共通の知り合いなのだ。引っ越しをしてから、Aさんはその夫妻と久しぶりに会う機会があった。

「あの部屋に住んでいると、お金が貯まったでしょう？」

と、夫のほうがいきなり訊ねてきた。彼はサラリーマンだが、あの部屋に住んでいたときに勤務先から臨時のボーナスが支給された。好景気で会社が儲かっていたから、と考えることもできるが、それだけではなく、遠縁の遺産が転がり込んできたり、宝くじが当たったりと、思いがけない収入が重なったのだという。

「でも、出るんだよね」

妻のほうが、思い出すのも嫌だ、と言わんばかりの渋い顔をしてみせた。この夫妻は妻のほうが見ていたらしい。何が出たのか、訊いてみたが、やはり言葉を濁すばかりで教えてくれなかった。彼らもそのことが耐えられなくなって、アパートを出たそうである。

M子さんが語って下さった話はこれで終わりなのだが、その直後に彼女は言った。

「あれ？　どなたかいらしたみたいですよ」

玄関のほうから「すみません」と声がしたそうだ。すぐに住職のKさんが玄関へ行ったが、誰もおらず、他には何も起こらなかった。その声はM子さん以外にも数名の参加者が「確かに聞きました」と証言している。しかし、私にはまったく聞こえなかった。

以上、「バブル期のアパート」でした。

今回はできるだけ日本各地の皆様から取材をさせていただきました。お時間を割いて協力して下さったすべての皆様、また、お世話になりました編集担当様や関係者の皆様、そして本書をお読み下さった読者の皆様全員に、厚く御礼を申し上げます。どうもありがとうございました!!　次回の予告ですが、前著の『雨鬼』が〈群馬百物語〉の前編でしたので、次に出す本はその後編にしたいと思っております。

それから、恒例の宣伝です。今夏はまず七月六日（土）に群馬県前橋市の臨江閣で「高崎怪談会16」を主催します。これは大がかりな怪談フェスになります。

七月二十七日（土）には「怪談昆虫記」という怪談と昆虫を融合させた、おそらく日本初となるイベントを主催します。八月三日（土）には「高崎怪談会17」も行います。当日は天気が良ければ高崎祭りの花火大会が行われ、その終了後に開演します。「怪談昆虫記」と「高崎怪談会17」の会場は成田山高崎分院光徳寺で、住職のKさん曰く、

「お不動さんが守って下さっている寺ですから、安心してお越し下さい」とのことです。

詳細と御予約は「高崎怪談会」でネット検索を。皆様の御参加をお待ちしております。

それでは、魔多《また》の鬼界《きかい》に！

二〇一九年　初夏、風の東国にて

怪談標本箱 死霊ノ土地

2019年7月5日　初版第1刷発行

著者　戸神重明
カバー　橋元浩明（sowhat.Inc）
発行人　後藤明信
発行所　株式会社　竹書房
〒102-0072　東京都千代田区飯田橋2-7-3
電話03-3264-1576（代表）
電話03-3234-6208（編集）
http://www.takeshobo.co.jp
印刷所　中央精版印刷株式会社

定価はカバーに表示しています。
落丁・乱丁本は当社までお問い合わせ下さい。

ISBN978-4-8019-1927-3 C0193